just a challenge

just a challenge

andré heresch

Bibliografische Information der Deutschen
Nationalbibliothek:
Die Deutsche Nationalbibliothek verzeichnet diese
Publikation in der Deutschen Nationalbibliografie;
detaillierte bibliografische Daten sind im Internet
über http://dnb.d-nb.de abrufbar.

Herstellung und Verlag:
Books on Demand GmbH, Norderstedt
ISBN 978-3-8391-2366-9

Eine ganz normale, neben einer ganz furchtbaren Geschichte

Ich hab´ zu tun, in der Stadt zu tun. Wenn mir mein Sohn nicht den Schlüssel vom Fahrrad verlegt hätte, wäre ich gemütlich mit dem Rad gefahren. Es ist sehr schön, den Radweg entlang sich wegzuträumen, nur vom Rauschen des Flusses begleitet und seinem mächtigen Strom. Es ist zwar sonst nicht soo absolut ruhig, aber das Geräusch des fließenden Wassers überwiegt, übertönt allen anderen, mitunter lästigen, Lärm. Ich fahre gerne mit dem Rad, nehme gerne diesen herrlichen, extra dafür angelegten Weg, der einen ein bisschen in das alte Graz zurückradeln lässt. Man kommt an Hinterhöfen sonder Zahl vorbei, kann sich sozusagen vom Wäscheleinenhinterhof der Leute einen Eindruck verschaffen, sieht ihr unaufgeräumtes Hinterzimmer, den Hinterhof, nicht die schön geputzte Fassade, den geschmückten Hauseingang. Macht Spaß sich so, durch die Hintertür in das Leben völlig wildfremder Menschen einzuschleichen . Für ganz ganz kurze Zeit das Gefühl vermittelt zu bekommen, wie andere Leute heute vielleicht noch leben. Unter welch primitiven Lebensumständen, bar jeglicher Spielregeln, die ihnen das Leben da draußen sonst so unnachgiebig aufzwingt. Hier können sie sich leben; nicht jemand anderem nach der Pfeife leben (statt tanzen). Hinterholz 4 hat glaublich einmal eine, dafür bekannte, Serie im Fernsehen geheißen. Aber: mich fasziniert ja nicht nur der Einblick, sondern auch der Eindruck des Lebens , das die Leute früher gelebt haben. Früher, in der „guten alten Zeit". Wie alles noch soo einfach und vorallem eins war: gut war: damals. Ein geflügeltes Wort der Generation vor mir war, mag es auch heute niemand mehr hören wollen, geschweige denn gesagt haben: „…unter´m Hitler hätt´s deis neit geim!" gemeint waren damals so empfundenen „Krawalle", oder Ausschreitungen – einem Sturm im Wasserglas gleich, verglichen mit der internationalen Szene- oder echte Lausbübereien, die halt einfach nicht passten , weil man „seine Ruhe haben will". Wovor?...

Früher lebten die Leute gemächlicher, jedenfalls aber bescheidener, wie die alten Häuser zeigen. „No, ka Kunststück!" hätte der Herr Karl gesagt: „Die Leut´ hom jo ah nix zum Fressen g´hobt, bis daunn eben da Adi kemnma is….." Na da sind wir wirklich wieder einmal dort, wo ich eigentlich nicht hin wollte: DAMALS war Alles besser. Heute ist nichts mehr gut. Dazu fällt mir nur ein sehr markiger Spruch ein: Wer ewig an Gestern denkt, vergisst im Heute zu leben, oder: man muß mit der Vergangenheit abschließen können, um in der Gegenwart zu leben. Es ist einfach so. Im Hier und Heute muß man es schaffen zu leben: sie erinnern sich sicher noch an „carpe diem" ein kurzes Essay, alter Zeit. Kurz und gut.

Vielleicht fasziniert mich der historische Rückblick auch deshalb, weil man dem unbekannten Vergangenen immer etwas mystisches zu schreibt. „Da muß doch mehr dahinter gewesen sein!" hieß es in so manchem, doch wieder leicht gelösten, Kriminalfall, des von meiner Mutter so innnbrünstig gehassten „Horsterl Deppert", oder wie der Vogel auch immer geheißen haben mag. Der Inbegriff des blöden Piefkes. Basedowäugig, starren Blicks , immer frisch pomadisierten Haares , immer Anzug und Krawatte, immer uniform, wie er es ausstrahlte. Immer überlegen, integer, über den Dingen stehend. …Hat er vielleicht schon selbst geglaubt. Und dann dieser Harry Schwein. Na so was von furchtbar, ein ständig rotschädlater Komplexhaufen, der es aber immer, aber wirklich immer verstand, dämlich zu grinsen, wo´s natürlich nichts zu grinsen gab. Was ich nur nicht versteh ist der Erfolg , den die beiden hatten. Ich weiß nicht, wie viele lange Jahre dieser Schund im Fernsehen gelaufen ist: unerbitterlich gelaufen. Dem konnte sich Keiner entziehen. Irgendwann hat, glaub ich, jeder schon einmal wenigstens eine Folge davon in seinem Leben gesehen. Na, das muß dann wohl auch ein wenig mit der Dummheit der Seher zu tun haben oder gehabt haben. Anders ist das ja wohl sonst schwer herleitbar. Da brauchen wir, die „zivilisierten Europäer" aber nicht lange über die Ami´s zu schimpfen. Wir sind da kaum um einen Deut besser. oh contraire! Gleich, wenn nicht gleich schlechter …..

Das wird wohl in diesen Hinterhof-Vorhöfen auch immer wieder gesehen worden sein. Der gute Derrick (war wohl ne Lautverschiebung, die aus Dreck entstanden ist). So fuhr ich dann nicht mit dem Rad, erlebte das eben Gedachte nur in der Phantasie, während ich vom Freiheitsplatz zum Glockenspielplatz und in weiterer Folge zum „Markowitsch" ging, einem Feinkostladen mit Ausschank. War früher ein reiner Feinkostladen mit zwei klitzekleinen Tischen und einer Minibar, an der man – wahrlich zwischen Tür und Angel- seine Brötchen kauen durfte. Soo eng, dass mitunter ein Stück Ei, mit oder ohne Majonnaise dem Vordermann, bei entsprechender Körperkleine, in den Hemdkragen oder der ältlichen Dame von gegenüber in´s Dekollete fiel, oder besser: rutschen musste. Beim Bemerken des, wahrlich Betroffenen, peinlich, sehr peinlich. Da half dann auch das: „ oh, Verzeihung!" nichts mehr. Da war nichts zu verzeihen, wie dann auch behauptet wurde, nichts zu entschuldigen, etc

etc… Durchaus auch erzählenswert war eine Begegnung zweier Bekannter in diesem winzig kleinen Lokal, a la´ Guido Winzig: Da biß der Eine gerade in sein Tunfischbrötchen, hatte gerade das halbe Maul voll, als der oder die Andere hereinkam…"Küß die Hand…." und schon verteilten sich die Tunfischbröckerln fast gleichmäßig auf die zwei , danebenstehenden kleinen Tische und die darum Sitzenden. Dann natürlich wieder das obligate: „ oh, Verzeihung!". Dies unbemerkbar zu machen, gelang kaum jemandem. Wie also das „gute Greterl Markowitsch" den laden noch schmiß, und das tat sie nach dem allzu frühen Tod vom Ferdl viele viele Jahre, war das so. Da war absolut nichts zu ändern. Von den Nachbarn, vermutlich aus Eifersucht auf ihren geschäftlichen Erfolg, verfeindet konnte sie kein Entgegenkommen, im wahrsten Sinne des Wortes erwarten. Die gaben keinen Zentimeter (bei den Gutbürgerlichen auch „Sontimeter" gesprochen und das französische centimeter gemeint) nach. So blieb´s wie´s war. Klein, aber oho. Irgendwann konnte dann das Greterl mit der, immer auftopierten, Frisur an der Kasse sitzend nicht mehr. Aber zum Glück für alle Grazer, die sich schon soo an die guten Brötchen gewöhnt hatten: Die Rezepte gab sie weiter. nicht nur die vom Tunfischhbrötchen, nein auch die vom Schinkenbrötchen mit dem , zuvor schon beschriebenen, Ei mit Majonnaise, vom serbischen Aufstrich, vom polnischen „...und wie diese Krawoten halt alle sonst noch geheißen haben mögen….(wie die echten Grazer immer soo liebevoll sagen würden). Die Rezepte gab sie weiter und hat sich auf diese Weise sicher unsterblich gemacht. Unsterblich zumindest für die Generationen, die es heute noch zu schätzen wissen, sich auf „ein paar Markowitsch- Brötchen" in der Stadt zu treffen…

Bei mir war´s - wie fast alle Staatsdiener sagen – anders: ich bin nicht über die Putzfrauenhintertüre zum Land gekommen, sondern, weil mein Onkel, der gute Onkel wieder einmal, der Frau vom Joschi sehr geholfen hat, ja ihr sogar das Leben gerettet haben soll; wurde damals berichtet. Ich bin davon überzeugt. Er war nicht nur ein guter Mensch, sondern auch ein sehr guter Arzt….Tja, die Eintrittskarte war gut, aber das System: Pfui Deibel! A echta Graus… Da war ja das Bundesheer noch ein Labsaal dagegen. Das war nämlich zeitlich limitiert. Ist ja ganz schön zu wissen, dass man lebenslänglich versorgt ist. Aber: um welchen Preis! Da muß man wirklich bis zur Pensionierung warten, bis es einem gut geht. Da passen nämlich dann die, am Anfang recht spärlichen, Bezüge. Als ich, am Beginn meiner segensreichen Tätigkeit, mit der ersten Lohntüte Mitte des Monats nach Hause kam und mich über das, gegenüber früher auf die Hälfte geschrumpfte, Gehalt wunderte, sagte mein Vater noch halb im Scherz, halb ernst: „Reg dich nicht auf, da gibt´s sicher noch eine zweite (Teil)Zahlung am Ende des Monats"; allein: sie blieb aus, die zweite Zahlung nämlich… Nach einiger Zeit, ich glaube so nach zwei Jahren cirka, trat eine gewisse Gehalts-Normalisierung ein. Hätte ich nicht genug „im Hintergrund" gehabt, ich hätt´s mir sonst kaum leisten können, dieses edle Beamtentum. Na freilich, zu Kaisers Zeiten, galt es ja als Ehre, dem Staat dienen zu dürfen. Nicht nur als Minister, im besten sinn der Wortbedeutung; nein: auch als kleiner Beamter. Wie klein ich war, bekam ich zu spüren. Jeder, der dienstälter war als ich, und das war wirklich jeder, war mein Vorgesetzter. Und so wurde ich auch behandelt. als Putzfetzen der Nation. Mit mir konnte man´s ja – nach Dienstpragmatik, eine Form von dienstrecht für Definitivgestellte – machen. Also diese Un terwerfung, gepaart mit der leistungsneutralen Entlohnung – man konnte nicht das Gehalt, nur den Stundenlohn erhöhen- zog mir schlicht den Boden unter den Füßen weg. War für mich, den freiheitsliebenden Aufbegehrer, nichts. … Ich glaube, ich war, seit Kriegsende, oder überhaupt, der erste, der einen pragmatisierten Dienstposten einfach hinge- schmissen hatte. So was macht man doch nicht! „….das können´s doch neit moch´n, Hr. Kollege!", gab man sich, anlässlich meines dienstlichen Hinscheidens, vermeintlich entsetzt. „… no der H., der führt sie auf! … kaum zum glauben, wirkli woar!..." – schallte es, soweit für mich hör- bar und bestimmt, ein letztes Mal durch die Amtsräume des schönen „Steingebäudes", einer herrlichen Gründerzeitvilla, die von Holzbaracken aus dem „tausendjährigen Reich" umzingelt war…..

Ich aber, ich atmete durch. Genoss den Odem der Freiheit und ging mit wehenden Fahnen in die Selbständigkeit. Zu meinem und meiner Psyche Wohle…..

Auch an Dich

Es hat mich schon getroffen, was Du da geschrieben und gesagt hast.

Das erste war ein absolut-Anti-Liebesbrief, wie ich ihn bezeichnenderweise bezeichnen möchte. Was löst denn sooo was in Dir aus? kann das Liebe sein? heißt es doch sonst immer.

Mit dem ersten Brief meine ich deine, recht skurrille, Idee, einen Bilderrahmen zu beschreiben. Von dieser Idee abgesehen, war der Inhalt alles andere als charmant, oder liebevoll, ich glaube aber: an einen anderen geschrieben. der, an den das adressiert war bin ich nicht und war ich nicht. Du stellst ja den Adressaten als ein abscheuliches, frauenmordendes, Monster im besten Klischeebild eines Ladykillers dar. Bin ICH das für dich? Siehst du MICH so? Na dann: Prost Mahlzeit! (Hab´ ich in einem ganz anderen Zusammenhang schon geschrieben und hier absichtlich wieder gewählt; du erinnerst dich sicher). Da sind wir schon mehr als bei einer Fremd- und Selbstwahrnehmung. Da sind wir bei Eindrücken, die einer beim anderen hinterlässt. Für mich bei grauenhaften. Bitte valsifiziere diesen für mich entstandenen Eindruck, wenn du kannst.

Das Nächste war für mich das letzte ernsthafte Gespräch, das wir vor kurzem über uns führten. Da schwang dieses: „ du bist doch das letzte Arschloch-gefühl" für mich (ein wenig) wieder mit…. das ist – wenn ich es nun zu abstrahieren und nicht auf meine Person zu beziehen versuche (wie denn?)- Eifersucht, gekränkte Eitelkeit, verletztes und noch immer zerstörtes Selbstwertgefühl, oder, oder, oder .

Aber: worauf denn bitte? welchen Grund, oder Anlaß hätte ich dir dafür gegeben? Hast du nicht auch so meine ungeteilte Aufmerksamkeit? Bist du – ernstlich – der Meinung, dass es da noch irgendwen anderen in meinem Leben geben könnte? Kann das wahr sein? oder sind es „nur" die Personen, auf die du schon immer „schlecht zu sprechen" warst, die dir – deiner Meinung nach – schon immer, oder immer wieder den Rang abliefen? ich find´s absurd. Sie tun es nicht. Und ich find es auch nicht legitim, das einzufordern. ……

Im letzten „Brief an Dich" habe ich schon geschrieben, dass ich Dir helfen möchte. helfen. ja!

ich kann dir bei Vielem helfen, glaub´ ich, aber: bei Einem sicher nicht. Bei der Erdspalte, die zu einer Kluft unseres Lebens geworden ist. Welchen „Beitrag ich dazu geleistet" habe, weiß ich nicht; auch wenn ich mir das Hirn noch soo sehr zermartere, es lässt sich nicht lösen. Das kann niemand ungeschehen machen, wird niemand erklären können, oder sollen…..

So wiederhole ich meine Bitte vom letzten Brief:

darf ich Dir etwas abgeben? Dir helfen, Deinen Motor wieder durchzustarten. Deine Batterien frisch aufzuladen….

Dir einfach Kraft zu geben…. ?!
Ich liebe Dich! Laß es mich tun….

Meine Kinder

Meine Kinder sind eine sympathische Mischung und gemischt sehr sympathisch. Sie sind lieb und nett, zeitweise aufmümpfig, manchmal sehr erwachsen und dann wieder völlig kindlich, ja in´s kindische gehend. Sie sind zu zweit ganz anders, als jeder für sich allein. Zeigen mir gegenüber ganz andere Verhaltensmuster, gemeinsam oder alleinsam. Das lässt sich für mich fast nicht erklären. Irgendwie scheint es, wenn sie zusammen sind so eine Art Kitt zu geben, der sie aneinander kleben lässt. Und das obwohl sie sich gerade in letzter Zeit nicht mehr sooft sehen als früher, wo sie Tür an Tür miteinander lebten. Damals, als die Welt für sie noch heiler war, damals als sie in der schönen Villa ihrer Ahnen mit ihren Eltern zusammen waren. Aber: das ist es nicht. Jetzt, wo sie gut tausend Kilometer voneinander entfernt sind, haben sie die gleiche gute Basis, als wenn sie örtlich nicht voneinander entfernt wären. Wenn sie .aufeinander treffen, schwingt da etwas mit, das man nicht in Worte kleiden kann. Wie die Sprache, als Hilfsmittel einer Ausdrucksweise, öfter versagt. Wie hieß es doch soo schön einmal: „ Nur mit dem Herzen sieht man wirklich gut…". Hier wird ja auch etwas beschrieben, dass in dieser Form, rein semantisch, wenig Sinn macht. Und so lässt sich auch dieses Gefühl, wie auch wenig andere Sinneswahrnehmungen, mit Worten kaum beschreiben. Es ist tief, klar und ehrlich. Rein und ungetrübt. Man ist geneigt, in der bildlichen Vorstellung, an die Erscheinungsform eines Bergsees zu denken, der jedoch nicht sehr tief sein darf, dessen Grund man erkennen können muß, denn in der unerkennbaren Tiefe liegt etwas Mystisches, das genau diesen bildlichen Vergleich, in meiner Wahrnehmung, stören würde. Da gibt es eben nichts Mystisches in dieser Kind-Kind-Beziehung, nichts Verborgenes, keine Trübungen. Einfach klar, einfach ehrlich . Ohne Schnösel und Schnorkel. Keine ungeraden Windungen, keine Irrungen oder (Ver)Wirrungen. Ich wünsche ihnen, von Herzen, dass sie genau diesen Zustand, oder besser: Lebensumstand ein Leben lang aufrecht erhalten können. Er ist eine Quelle der Kraft. Eine sehr tiefe.

Paris ; oder : den Ami´s ist doch auch gar nichts heilig

Eine, jüngst mit meiner Tochter darüber geführte, Diskussion brachte mich darauf: Den Sch… Amis ist doch wirklich nichts, aber rein gar nichts heilig! Wir diskutierten über Vornamen. Ich vertrat, traditionalistisch die Meinung, dass Taufnamen, automatisch Namen von Heiligen sein müssten. natürlich! Nicht aber in Amerika, da kann mich sich nach Getränken oder Schnäpsen nennen, wie z.B.: der Präsidentschaftskandidat : Barack… so heißt doch ein ungarischer Schnaps, oder? aber auch nach Städten kann man sich nennen! Nach Städten? fragte ich nach. Ja, nach Städten. Beispiel? Paris zum Beispiel: Paris Hilton. nicht das Hotel in der Stadt Paris, nein der Mensch, besser: die Mensch. (Menschin gibt´s noch nicht, und ist auch noch immer männlich: der Mensch: Ätsch!) ich denke über Paris nach. Na, wenn man gar nichts weiß, könnte man´s so sehen: nach einer Stadt, aber: vielleicht hat da doch einer weiter gedacht. Es war die sagenumwobenen Gestalt, der den trojanischen Krieg heraufbeschworen hat. Damals kämpfte man noch um Frauen und führte Kriege um sie…….

Paris, der Trojaner, der die – viel jüngerer Frau des Agamemnon, des mächtigen griechischen Königs von Menelaos entführte. Der böse Bube! das konnte man sich als Grieche natürlich nicht gefallen lassen, man wurde ja zum Gespött der Leute! Da stiehlt einem diese Rotznase die junge hübsche Frau, die man sich so teuer erkauft hat und die sich dann tatsächlich noch stehlen lässt! wenn Frauen etwas wollen, ist dagegen kein Kraut gewachsen! Merkt euch das ja gut auf, ihr jungen Burschen! (wieder eine Lebensweisheit von eurem Pater Andreas). Also sie zieht mit und : der Gehörnte beleibt allein zurück, kann nichts mehr, aber schon rein gar nichts mehr davon vor den Nachbarn und Freunden, aber: schlimmer noch: er ist ja König: vor dem ganzen Volk verbergen!! was soll er machen? er trommelt seine, bis dahin nicht immer nur befreundeten anderen Könige der griechischen Stadtstaaten zusammen und zieht, nein! nicht genItalien, er zieht gen Troja, in die spätere Türkei sozusagen. Hat ja schließlich Tradition der Kampf der Griechen gegen die Türken. Zuerst die einen da , dann die anderen dort, man kennt das Spiel. Also: alle Griechen ziehen nach Troja und beginnen dort einen ewig-und-drei-Tage-Krieg, nur um dann am Schlachtfeld zu verbluten, oder spät, wie Odysseus oder gar nicht mehr nach Hause zu kommen, um dort dann völlig veränderte Verhältnisse wiederzufinden. Aber: Hauptsache es wurde gestritten! das hat sich über die Jahrhunderte nicht geändert, wenn ich da an den, erst gestern wieder in Südossetien begonnenen, Krieg denke, der just mit dem Beginn der olympischen Spiele zusammengefallen ist. Wer sich da wohl was dabei denkt: ein weltweites Friedensfest in einem kommunistischen Land, in dem die menschenrechte, so wie hier, klein geschrieben werden, die Folter existiert, Leibeigenschaft noch immer kein Fremdwort ist ist und der Kapitalismus mit dem Kommunismus fröhliche Urständ feiert….

„strange new world" möchte ich da sagen, statt: „brave new world", wie von einem Vorgängerliteraten besungen.

strange , very strange nun aber auch die Namensgebung: Da hat man also eine Frau zum Mann gemacht (!) und das in der heutigen Zeit! wie gesagt : sicher aus purer Unwissenheit. von diesen Kulturbarnausen begangen. oder Respektlosigkeit?. na, was auch immer: absurd! eine Frau wird nach einem männlichen Vorbild bevornamst?

da find ich die G´schicht mit der Stadt, die Pate gestanden haben soll schon besser. Im Französischen ist Paris wenigstens weiblich… la paris, oder: hab´ich mich jetzt getäuscht? kann es sein, dass auch ich nicht alles weiß?!.......

scio me nihil scire….. wird ihnen irgendwoher bekannt vorkommen

Skottifrahesti; oder: über das rasche Ende einer langen Freundschaft

Oh Skotti! Oh Skottifrahestiie…. Wo bist du, wo bleibst du, oh Skotti….

Vielleicht kennen sie das. Da ist man komplett in Gedanken versunken, angespannt, gestresst und : soo richtig im grauen Alltag untergegangen, dann plötzlich: ein Telefonanruf, der einen jäh aus Allem herausreißt: „ Ich wollte sie schon vor einem Jahr anrufen, Herr Närrisch!" . „ …Ja, und warum haben sie´s nicht getan, Herr Cotruba?" … „Ich kam nicht dazu.." … „… so!…"…. ich hab´mir gedacht, da will mich einer verarschen. wenn er mich zunächst nicht, und dann doch anruft. Was soll das eigentlich? Was kümmert´s mich. Ich war schon knapp am auflegen, dann „ .. sie sind doch der Spezialist für Typisierungen"… „ oja" sagte ich, oje dachte ich mir, schon wieder soo ein Irrer, der mir nur die Zeit stiehlt. „ Sie wurden mir vom Herrn Schmauswaberl empfohlen!" … „ …wer ist dieser Schmauswapperl, bitte?" , „ Nicht Schmauswapperl, sondern Schmauswaberl, ein guter Freund von Ihnen!" , „ Kenn ich nicht" … naja, so ging das Gespräch hin und her, einem nicht starten wollenden Motor gleich.: man versucht es wirklich mit allen Tricks: vorglühen, Zwischengas, anrollen lassen, nichts geht…

Na, wie er dann endlich sagte, dass er da ein deutsches Fahrzeug in Aussicht habe, dass irgendwer aus Amerika importierte und sich später herausstellte, dass es sich um die einzig wahre Fahrzeugmarke, nämlich um die Firma Morsche aus Furzgart handelte, war mein Interesse jäh geweckt.

Wir vereinbarten einen Termin. Zur bestellten Uhrzeit war ich da, allein. Wo war denn der gute Mann ? ich sah nur eine große Baustelle, an der sich ein paar Gastarbeiter lieb

los tummelten; Schachteln wurden ausgepackt, besser : aufgerissen, der Inhalt irgendwie und –wo verteilt. Alles in allem : großes Chaos. Aus diesem, Chaos trat ein, mir - aufs erste - nicht sonderlich sympathischer Typ: leicht schlacksig, das zu lange Haar lässig nach hinten frisiert, Sonnenbrille als Haarspange verwendend, leicht schwul wirkend. Oh, wie hasse ich doch schwule Männer, spätestens seit dieser Begegnung damals! uhhh, da läuft´s mir einfach kalt, eisklat den Buckel runter. „ Schön, dass do san" ,sagte er in leicht nasalem Ton. „ Steign´s ein, bitt´ schön!" und wir fuhren und fuhren. Der Weg wurde enger, die Landschaft unbewohnter das Wetter dusterer, dann kam noch das klassische Waldstück dazu, das wir durchmessen mussten… „ sind sie sich sicher, dass wir da den richtigen Weg erwischt haben?". „ Jo freili, den kenn I in und auswendig", quietschte er lustig dahin, während er von unkunder Hand das Lenkrad viel zu ruckartig für die schlechte Straße bewegte, wie ich als ehemaliger Fahrprüfer sofort feststellen musste. Ich fühlte mich irgendwie, auf unangenehme Weise, in eine Zeit zurück versetzt, die ich lieber missen, bzw. aus meinem Gedächtnis löschen wollte.

Aber: irgendwann kamen wir an. In herrlichster Aussichtslage, weit über dem Nebelbecken von Knaz, ein herrlicher alter Bauernhof, wie man ihn sonst nur am Land findet. „ Warten sie, er wird bald kommen", meinte mein Begleiter nur. Und dann: dann kam er: „…Siebzehn Jahr, blondes Haar…", ach! damit wurde wohl jemand ganz anderer besungen. Und außerdem: siehe oben! ICH bin nicht vom anderen Ufer. Es war da was in der Begegnung, das uns sofort aufeinander zugehen ließ und füreinander einnahm. Und dann seine Leidenschaften! ein gelebter Bubentraum, dieser Bauernhof. Hatte natürlich auch noch eine wunderschöne, große Tenne, gefüllt mit allen Träumen eines großen, kleinen Buben, wie meine Frau so treffend zu sagen pflegt.

Lauter alte Autos, von Jaguar über Ferrari bis Morsche aus Furzgart. Unglaublich: aber wahr. Da standen sie nun: er, Skotti, hatte vorsichtshalber gleich drei Stück aus Amerika mitgenommen. „Man weiß ja nie , wozu´s gut ist. Einen nimmt wahrscheinlich eh der Andy, den zweiten wea ma scho vadrahn. Nur das eine, das echte 3,2er Coupe, das g´halt ich mir… man gönnt sich ja sonst nichts" replizierte Skotti Frahesti eine gut gebrauchte, um nicht zusagen: abgedroschene Phrase…

Es dauerte also nicht lange, bis wir unsere Leidenschaften ausgetauscht hatten und der Grundstein für eine lang andauernde Freundschaft gelegt war. Er der Morsche-freak und Importeur, ich der 911er fan und Typisierer: ein winning team war geboren worden, hatte sich, quasi auf Knopfdruck, zusammengeschmiedet….

Dann folgten viele lustige, gemeinsam erlebte, Geschichten. Sie können sich sicher noch an: „Ma kunt mana" erinnern. Da hatte ich den ersten Amerikaner typisiert. Es sollte ein weiterer folgen. Da die Erhöhung der NoVA, eleganterweise und zeitgerecht als Ökologisierungsabgabe bezeichnet, anstand, machten wir uns über die näheren Umstände vertraut. Der, inzwischen berühmte, „ Herr Ministerialrat" berichtet davon….

Dann kamen einige Diskussionen im schönsten Sinne der Wortbezeichnung: discurrere – entgegenlaufen. Wir liefen uns also entgegen in unseren Argumentationen. Es ging darum, wie man denn jetzt die Idee weiter ausbauen und kommerzialisieren könnte. Die gemeinsamen Ressourcen auszunützen; jeder sollte sein know-how einbringen. Es sollten also weitere „Amis" importiert werden, jetzt, wo wir wussten wie´s ging, jetzt, wo wir dabei waren, uns als Branchenaußenseiter einen guten Ruf aufzubauen: gute Qualität zu moderaten Preisen…. Aber: es kam anders, als wird uns das

ausgemalt hatten: da der Verkauf des zweiten „11ers" leicht schleppend dahinging, verlor sich – allzu schnell- die Spur unseres gemeinsamen Weges. Zu divergierend waren unsere sonstigen Interessen und das Gemeinsame war doch auf einer zu schmalen Basis aufgebaut.

My way, eine Legende musste gehen

Ich werde das Bild, glaube ich, lange nicht vergessen können. Der letzte Landesfürst der Sankt Eiermark, von allen liebevoll nur Moooschi genannt, muß nach einer sehr schweren Wahlschlappe, die politische Bühne verlassen. Er verlässt sie, nach unzähligen Interviews, in denen er ganz freimütig und für ihn ungewohnt, die Schuld einzig und allein auf sich nahm und SEINE Fehler zugab. Er tritt noch am gleichen Tag zurück. und dabei, man sieht ihn von der Kamera weg gehen und damit aus dem Rampenlicht treten, spielt der TeppDeEf, unser lokaler Fernsehsender mein, bis dahin ungekröntes und unangekratztes, Lieblingslied:„*I did it my way*". Der „final curtain" – in diesem Fall der letzte Vorhang im Bühnestück - des Moschi Ka. war gefallen. Ich fand es von übermäßigem Sarkasmus gekennzeichnet, irrwitzig überzeichnet und einfach letztklassig; muß für ihn auch irrsinnig verletzend gewesen sein.

Er war seit damals nie wieder auf der Bühne, nicht EINmal. Hatte keine politischen Funktionen mehr übernommen, nicht ein Altersplatzerl, oder politischen Versorgungsposten über- oder angenommen. So war ER. Ein Mann mit wirklichem Rückgrat und echtem Stehvermögen, ein Mann mit Charakter, wie sie ihn die Oh-Je-OhJe-Partei nie mehr, oder soo schnell nicht mehr wieder finden wird…..

Er war ein kluger Kopf, ein brillanter Rhetoriker, fast schon einem Cicero gleich, aber: er herrschte mit eiserner Faust. Fast 2 (!) Jahrzehnte lang . 2 Jahrzehnte in einem Land, das vor ihm , sein Vater , ein einfacher Holzknecht, von nahezu perchtemhaften Aussehen zuvor knapp 3 Jahrzehnte beherrscht hatte. Nach dem gleichen „Gefühl", mit der gleichen Härte, aber auch mit ähnlichem Charme, den ich heute als Ober-Eier-Charme bezeichnen würde. Das wilde Bergvolk hinter´m Semmeling, wurden wir Eiermärker ja schon vor mehr als hundert Jahren genannt und es ist etwas d´ran. Es gibt hier ein gerüttelt Maß an Engstirnigkeit, Selbstsucht, Arroganz und wohlverbogener Gutherzigkeit, in diesem "…. Tal der Berge, Tal der Strome, Land der Äcker, Land der Dome…". In dieser eher eigenartigen Mischung aus wilden V-Tälern und herrlichem Hügelland, das zurecht die Sankt Eiermärkische Toskana genannt wird. Wie zum Beispiel meine Freunde, die Einstäler, als V-täler, durchaus Querschädler sind, dickköpfig und halsstarr. Der Mooschi kam natürlich aus der Einschicht, hatte es aber bald geschafft, an dem damaligen Kulturleben teilzuhaben und studierte bald in Bologna und den states, um als polyglotter, weltoffener Davidsbündler wieder zurückzukehren.

ER wusste, dass man den Holzhackercharme und Stil des Herrn Papa soo nicht fortsetzten konnte. Da musste ein bißchen mehr daraus gemacht werden; eins behielt er allerdings bei und das brachte ihn letztendlich auch zu Fall: das völlig despotische Regieren, mit lauter JA-Sagern an seiner Seite. Systemkritiker gab es nur kurz. Sie überlebten das politische Fegefeuer nicht lange, wurden quasi vor dem Chef hergegrillt. Das hielt der Stärkste nicht aus, nahm lieber Reißaus und wenn´s in die Bundespolitik war, wie der niedliche Jussup, der an seiner Seite nicht groß werden konnte und durfte.

Seinen politischen Ziehsöhne hatte er EINS mitgegeben: die brillante Rhetorik, die Stimmlage, den Ausdruck und auch die Art zu Sprechen, das Betonen.

So gut wie alle sind zwischenzeitig politisch gescheitert. Einer davon hat überlebt, alle anderen wurden von den eigenen Parteifeinden gemeuchelt. Wenn man ihn – jetzt wieder - im Radio reden hört, könnte man meinen, sein Ziehvater sei wieder auferstanden, politisch natürlich. Denn: die Legende lebt. zurückgezogen, aber: es scheint ihm gut zu gehen, wiewohl er die Fülle seiner Macht, die sprichwörtliche Eeierische Breite, die ihn kaum durch einen Torbogen, und mag er noch so breit gewesen sein, gehen hat lassen, vermisst. Sehr vermisst. „Der oarme Mooschi !" würden seine unsterblichen Fans ihm heute noch nachrufen, wenn sie nur könnten, denn: von wo sie rufen ist noch keine Stimme je erhört worden…..

Mein Kleiner

….ist schon groß, könnte man meinen. Aber: er ist es nicht; irgendwie kann ich´s nicht festmachen, was er nun ist, er ist soo richtig zwischen den Welten. Er kann es, glaub´ ich selbst noch nicht so wirklich abschätzen, auf welcher Seite er nun steht. Auf der, der großen Kleinen, oder auf jener der kleinen Großen. Das ist natürlich keine Frage der Körperlichkeit, da ist er groß, das wäre wohl auch zuu banal, um darüber nur einen einzigen Gedanken zu verschwenden. Er versucht sich bei der neuen Gruppe einzuordnen, hält sich aber zwanghaft bei etwas Anderem fest. Will noch Kind sein, will sich nicht emanzipieren; liebt es (noch), ohne es freilich zugeben zu wollen oder zu können, umhegt und umsorgt zu werden. Doch dann kommt es, wie es janusköpfiger nicht sein kann, von einer Sekunde auf die andere: er dreht sich, so schnell wie der Wind auf hoher See seine Richtung nicht ändern kann, oder eine Böe aufkommt: von einer Seite zur anderen; eben noch Kind, Kleinkind, dann junger Mann, in einem für die Figur viel zu großen Anzug…

Das gibt es öfters: da tritt ein junger Mann auf und versucht, den Habitus eines Alten anzunehmen. Da werden Phrasen eingelernt und nachgeplappert, Verhaltensmuster abgeschaut und holprig wiedergegeben. Das Geschliffene, das Aalglatte fehlt (einfach noch). Er wird noch ein bisschen rot, zeigt noch ein wenig von dem, was nur die Jugend haben kann. Was ihn geniert, ist doch so liebenswert, charmant, eben (noch) bübisch. Für ihn eine Katastrophe, für die wohlwollenden Anderen herzig, herzlich, lieb. Er merkt es und haßt es. An sich, nicht an den anderen. So wie´s ihm jetzt geht, ging´s einem Knaben vor mehr als einem viertel

Jahrhundert. Man fand ihn nur hübsch. „Mein Gott, hat DER schöne Augen", oder: „...und schau dir doch diese langen Wimpern an! Jede Frau könnte ihn darum beneiden" hieß es. Oh! War ihm as peinlich, oh, wie schwächte das, genau DAS sein Selbstbewusstsein! Und dann das schlimmste: er wurde – offensichtlich – auch noch rot dabei. Die sprich-wörtliche Schamesröte stieg ihm in´s Gesicht. Unangenehm, furchtbar unangenehm. Die ihn umringenden, aus seiner Sicht, uralten Damen konnten nicht genug davon bekom-men. Die Dame an seiner Seite ergötzte sich darüber: „Ja", sagte sie „ das ist mein Andrechen!" voller Stolz. Damit war für ihn der Tag gelaufen. Er hätte sich am liebsten im nächs-ten Erdloch vergraben, war für diesen und viele der nächsten Momente völlig unansprechbar, zog sich in seine Kinder-welt zurück und wollte aus seinem, aus Teppichen und ara-bischen Tüchern zu Burgen umgebauten Kinderschloß nicht mehr heraus......

Gefühle ließen sich nicht reproduzieren, behaupteten der-einst irgendwelche Leute, die sich in der Psychologie pro-bierten. Irgendwelche Pfirsichtöter, oder besser: Erdbeer-schlecker.....

Das Haus der weißen Urne(n)

Eigentlich wollte ich diese Geschichte ja „das Haus der dunklen Krüge" nennen, aber die gute, von mir sehr geschätzte und als erste Wiedergelesene, hatte diesen Titel bereits einem ihrer Bücher verliehen. Einem imposanten Werk, einem Buch, das mich, offsichtlich, sehr nachhaltig beeindruckt hat, denn: „es ist schon lange her, das freut uns umso mehr". Ein Lieblingsausspruch meiner Lieblingstante. Ich wusste bis vor kurzem nicht, dass das ein Originalzitat aus Zar und Zimmermann, der von mir erst- und mit Genuß gesehenen Oper ist, und keine freie Erfindung der guten Bertha-Tant, oh Verzeihung: Tante Berschi war, wie ich bisher immer vermutete.

Diese Geschichte handelt von meinem Elternhaus, das ich in letzter Zeit schon öfters beschrieben und von dem ich schon mehrmals berichtet habe. Das Haus wurde im Jahr 1907 von meiner Urgroßmutter, der sagenumwobenen Fürstin Jablonowsky gebaut. Sie hatte dieses Haus in der Schubertstrasse, einer der Prachtvillenstrassen von Graz, neben der so bezeichneten Plattenvilla gebaut. Die Plattenvilla, die ich immer nur von außen kannte, steht, wie der Name schon andeutet, auf der Platte, einer auch heute noch sehr schönen, grünen Gegend. Man könnte auch Grüngürtel von Graz dazu sagen. Einer Gegend, in der auch heute noch sehr Wenige, und wenn, Menschen mit Geld, wohnen. Andere, die Gaffer, ergötzen sich sonntags daran, diese Wunderdinger, die SIE sich in diesem Leben ohnedies niiiee werden leisten können, zu bekritteln. Da passt dem einen der bröckelnde Putz der mehr als hundert Jahre alten Fassade nicht. Dem anderen missfallen die langsam rostenden schmiedeeisernen Balkonumkränzungen; ein weiterer wiederum kritisiert das Gras, das langsam aus der bekiesten Einfahrt zu sprießen beginnt, oder das Moos, das aus den Ritzen des erdnahen Mauer-werks zu erkennen sich andeutet … wie einstmals ein adeli-ger Schlossbesitzer dazu bemerkte: „ alles nur Neider und Gaffer" ich schließe mich seiner Meinung - Gott laß ihn selig ruhn - an.

In diesem Zustand war natürlich auch die Schubertstrasse, liebevoll von allen so genannt, obwohl damit natürlich nicht die ganze Straße, sondern nur das Haus Nr.: 72 gemeint war. Und sie war lange Zeit so, da es – wie fast immer – „nur" eine Frage des Geldes war, diese Mängel zu beheben. Und das hatten die Hausbesitzer, alter Prägung, in aller Regel nicht. Sie waren die Nachkommen der Reichen, die diese Häuser erbauten und sich mitunter ein Leben lang abquäl-ten, das „Ererbte von den Vätern zu erwerben, um es zu besitzen" – wie der schöne Spruch doch so trefflich (?) aus-zusagen pflegte. Zuletzt fand ich diesen Spruch, in goldenen Lettern über dem Eingangstor eines Wirtschaftsgebäudes jenes Schlosses, in der Nähe von Ilz eingeprägt wieder, in dem ich fast zwei Jahre zu Gast sein durfte…..

Aber den meisten dieser Erben muß es wohl wie Atlas ge-gangen sein. Jener Gestalt der griechischen Mythologie, die sich damit abquälen musste, die Erdkugel auf seinen Schul-tern zu tragen und darunter fürchterlich litt. Ich sehe heute noch die, aus Marmor gehauene, schmerzverzerrte Gestalt dieses Atlas in der sixtinischen Kapelle, oder sonst wo in Rom, vor mir.

So ging es natürlich auch mir. Ich hatte diese Villa, völlig überraschend und für uns unerwartet, bekommen. Da es ja, wie schon in „ *Der Sohn meiner Mutter*" erzählt, in diesem

Haus heftige Streitereien unter der Verwandtschaft gab, war mir immer klar, dass dieses Haus, die bösen Phaettberg´s erben würden. Jene Menschen, über die ich schon in „*Vielleicht aus einer anderer Zeit*" berichtet habe.

Das das Haus nun mir, besser uns, meinem Bruder und mir, zufiele, damit war wirklich nicht zu rechnen. Da mein Bruder immer schon in Wien lebte, hatte er kein Interesse, im Haus zu wohnen, geschweige denn, es zu erhalten oder seinen Obulus dazu beizutragen.

Im Gegenteil erwartete ER immer die Verzinsung seines eingesetzten Kapitals, die es aber in der, von ihm erwarteten, Dicke nie geben konnte. Das kulminierte dann schließlich darin, dass er mir eines schönen Tages androhte, seine Haushälfte verkaufen zu wollen. Ich wäre der erste, der es erfahren würde. Um mich also der Ehre des Erbers würdig zu erweisen, kaufte ich ihm seine Haushälfte dann bis auf ein verbleibendes Haussechstel ab. Ich wollte den Streit der Ahnen nicht prolongieren..... Das ging dann schließlich solange gut, bis er dieses verzinste Sechstel zur Unzeit – wann passt denn ein Fälligstellen(?) – einforderte.

Als Unzeit meine ich damit nicht nur meine wirtschaftlich prekäre Lage zu dieser Zeit. Nein: da hatte sich scheinbar das Schicksal dieses Hauses auf´s Neue erfüllen müssen......   da wurde das Schicksal der „jungen hübschen Studentin" aus der Erzählung „ *Kann das Alles Zufall sein*" beinahe auf tragische Weise geschrieben. Genau in IHREM TRAUMHAUS erfüllte sich der Albtraum: ihr ernst gemeinter Freitodversuch missglückte.... „ Kann das Alles Zufall sein" wird gerade in diesem Zusammenhang eine wohl nie zu klärende Frage bleiben.....

Doch damit nicht genug: Im gleichen Jahr noch, als Atlas die Kraft verlor, seine Weltkugel weiterzuschleppen, tauchte ein Mann in meinem Leben auf.

Ein Mann, der – wie er später behauptete - dieses Haus schon 20 Jahre zuvor kaufen wollte. Ein Mann, der – wie ich heute weiß – die Geschichte des Hauses genau kennen musste und ein, durch das Schicksal, fast Verbundener war. Ein Mann, der wenige Jahre zuvor seine Frau durch deren Freitod verlor…..

Woher ich wusste, dass er wusste….? Ganz verklärt betrachtete er - bei einer der vielen Hausbegehungen - eine, im Garten der Schubertstrasse von mir zurückgelassene, Urne. Die Urne des Fritz Rothstein, des Bruders der Fürstin, der als Mann von 18 Jahren seinem Leben ein Ende setzte.

Was ich will

„Was ich will, das kann ich!", hat meine Tante immer gesagt. Jetzt werden sie wahrscheinlich entgegnen: der und seine Tante schon wieder! Kann der mal über irgendetwas anderes auch schreiben, oder nachdenken? … Manchmal, oder : "nicht oft, aber immer öfter…".

Als ich einmal klein war, und das ist doch schon einige Zeit aus, war ich an irgendeiner (kleinen) Aufgabe gescheitert. Ich glaub´ es war was Schulisches. Ich erinnere mich nicht mehr genau, seh´ aber die Stelle noch ganz genau vor mir, an der ich mich befand. Der blaue Teppich, auf dem ich damals stand, oder dessen Muster mich damals schon in seinen Bann zog, liegt jetzt in meinem Arbeitszimmer, wiederum, oder noch immer zu meinen Füssen, brav der Befehle wartend , die ihm da erteilt werden…. schade übrigens, dass er nicht fliegen kann….

Ich stand also da, schlug die, hübschen braunen Augen zu Boden, sah auf den Teppich und war unglücklich mit mir und der Welt. Irgendetwas, damals von Bedeutung, schlug fehl. Und dann dieser Spruch, der mich – zunächst - mächtig ärgerte, mir aber auf der anderen Seite soo richtig einheizte. Zunächst dachte ich mir: woher willst denn DU das wissen?" so quasi: duu, die du ja nichts gelernt hast, kannst das nicht beurteilen. Ich glaube, es ging um ein Lernproblem… dann erzählte mir die Tante von einer Prüfungssituation , die auch sie als Schneidermeisterin zu bewältigen hatte, und letztlich nur mit großer Anstrengung und Willenskraft, dann aber mit Auszeichnung, schaffte…. und : ob ich nun lange wollte oder nicht: ich beschloß, die Volksschule(!) vorzeitig zu beenden, auf die ich soo stinke sauer war; ich: der eigenwillige Knirps, wie mein Onkel, Jahrzehnte später , vermeintlich ganz beiläufig einmal erzählte…..

Und heute les´ ich´s wieder – ganz zufällig – in der Zeitung: *„ Ich sage mir, dass es keine Grenzen gibt. Je mehr du träumst, desto weiter kommst du"*.. eine Aussage von Michael Phelps, der gerade in Beijing dabei ist, alles, aber auch wirklich alles abzuräumen, was es an Schwimm-Olympia-Gold zu gewinnen gibt. Und das schon, in ununterbrochener Konsequenz, seit mehr als 7 Jahren. Unglaublich! , wie inzwischen schon die ganze Welt mit mir einer Meinung sein wird. Wie schaft er das? Wie muß dieser Körper beschaffen sein? etc,.etc, etc… und der ganze andere oberflächliche Quatsch, den man dann ohnedies nicht mehr wird hören können. Wenn sich die Journaillien nur wieder an einer Sensation begeilen können!

Das kratzt doch wahrlich nur mehr an der Oberfläche, geht wirklich keinen Jota in die Tiefe….

ICH meine es anders, und werde da sicher nicht mit der ganzen Welt d´ áccord sein, was mir auch herzlich egal ist, denn: „mit der Masse mitschwimmen" wollte ich schon in der Schulzeit nicht. Paßt irgendwie zu mir, ist aber eine atemberaubende Geschichte: Als ich, glaublich als 12 jähriger, wieder einmal und ich glaube zum dritten Mal vergessen hatte, das Geld für irgendeine sinnlose Spendenaktion in der Schule, mitzunehmen und von meinem Geographielehrer darauf hin fürchterlich angeschnauzt wurde, warum denn NUR ICH glaube, diesen Obulus nicht entrichten zu müssen, sagte ich keck: „ich wollte nicht mit der Masse mitschwimmen" und : zahlte dann auch nicht. Sie können sich sicher vorstellen, dass diese Aussage in weiterer Folge mit

„5ern" belohnt wurde, während die anderen gut ausstiegen, nur weil mir zu verstehen gegeben werden musste, dass es halt doch besser sei, mit der Masse mitzuschwimmen, sprich: angepasst zu sein….

Also zurück zur Willensstärke: mein (persönliches) credo lautet, wie schon eingangs beschrieben: zu jeder körperlichen, aber natürlich auch geistigen Leistung gehört nicht mehr als Willenskraft. Jeder kann alles, wenn er´s nur will. Klingt vielleicht ein bisschen provokant, ist aber unter der Prämisse, das alle Menschen von Geburt sowieso gleich sind ja nicht so verkehrt. Wenn jeder die gleichen Voraussetzungen hat , können sie gerne unter „*Meine Freunde die Tischler*" nachlesen, was ich dazu dann weiters meine…

„Was man will, das kann man"…. unterstellt ein bisschen, das die, die wenig schaffen, nur nicht wollen, nicht die Willenskraft haben, faul sind….. dazu ganz knapp: so ist es!

Zu außergewöhnlichen Menschen gehören natürlich außerordentliche Kraft, besser: Willensanstrengungen. Das gelingt nicht jedem aber : warum gibt es nur einen Mark Spitz, nur einen Michael Phelps? Verdammt! DIE haben viel (Willens)kraft! Schön, daß sich hier die – für jeden glücklichen Menschen unbedingt notwendige Kraft – so plakativ und für jeden sichtbar äußert! DER strotzt ja schon so von positiver Energie, dass es weithin sichtbar ist. Ein Vorbild für alle, die weniger Kraft haben und Mut suchen.

Sooo müsst ihr´s machen!

Euer: pater andreas

(…….als wär´s aus meiner Lieblingsserie: einfach zum Nachschenken, äh: einfach zum Nachdenken, damals spätabends in ö3, dem Traummännlein für Studenten……..)

Hassan effendi und Kormula Piesa auch dabei: Pupperl Gstoßer
(eine Reise in die vermeintliche Zukunft, die schlussendlich doch sehr vergangenheitsträchtig war)

Wieder einmal fuhr ich in die Stadt. Da ich quasi am Land lebe, kann man das mit Fug und Recht so behaupten: Ich fuhr in die Stadt. Nahm mir viel vor, um dann doch nur einiges zu erledigen. Diesmal ging´s um einen Termin bei einem , vielleicht neuen, Steuerberater. Ist ja lästig, sich alles, aber wirklich alles selber zu machen. Auf der anderen Seite: wer mag schon gerne Vater Staat alles hintragen, wo doch schon jedes Kleinkind weiß , dass der – der Vater Staat nämlich, an wenigsten mit Geld umgehen kann, denn: mit fremdem Geld, is leicht großzügig sein……So begab ich mich auf die Reise. Ich wusste, da im Zentrum kann man sowieso nicht parken, da muß ich eben einen Fußmarsch in Kauf nehmen; macht nix, is eh gesund, bin sowieso zu dick, blabla… ich fuhr und ging. Durch das sommerlich reizvoll geschmückte Graz, das nun wie verwandelt erschien. Die ehemalige Kulturhauptstadt Europas zog viele Fremde in ihren Bann… das Publikum war, wie angenehm ausgetauscht. Keine Bekannten , keine gaffenden Blicke, kein spürbares Tuscheln hinter dem Buckel des Vorbeiziehenden…

dann kam ich in die, komplett renovierte Kanzlei . Ein Altbau auf modern getrimmt. Alles neu, aber doch alt. Irgendwie ein unstatthafter Kompromiß. Was will ich denn? - sollte man als erstes fragen. Will ich´s neu, oder doch lieber alt? Warum diese Vermischungen? warum neue Möbel in alter

Bausubstanz? warum neuen Fenster im alten Haus? wie passt denn das wirklich zusammen? und dann das Eigenartige: nur der server hatte es kühl. Ist das nicht pervers? da kühlt man eine maschine, um als Mesch zu schwitzen… da läuft doch was schief! eine Verbeugung vor der Technik, die doch bestenfalls Hilfsmittel ist. Ein George Orwell hätte sich vermutlich bestätigt gefühlt… Naja wir saßen also da, und schwitzten. Eigentlich eine Leistung, den, für seine besonders guten klimatischen Verhältnisse bekannten, Altbau so zu verunstalten, dass man da auch noch im Sommer schwitzte und sich irgendwie unangenehm fühlte. Dann betraten wir die Räumlichkeiten, einer kleinen Führung gleich. Und da, da war sie: er erwähnte sie viel zuu oft, der junge Herr Steuerchoach: Kormula Piesa ! immer wieder der gleiche Name: da ist ihr Büro, das natürlich ausgiebigst besichtigt wurde, da jausnet sie, gemeinsam mit den Angestelten, da wäscht sie sich die Hände und und und. Diese Kormula Piesa !. irgendwie wusste ich zunächst nicht, wohin ich sie tun sollte. Wir stellten uns vor . Er berichtetet, seinem Alter entsprechend, von seinen Moritaten, und was er nicht alles könne, und wen er nicht alles betreue…. ich berichtete von meinem Problem: zuviel Geld, das irgendwie veranlagt werden sollte und dann kam´s: da ich nicht – wie schon vor kurzem erlebt - zu viele Verwicklungen mit der unagnehmen Vergangenheit wollte, fragte ich ihn geradewegs heraus, ob er auch für die Phaettberg´s tätig sei. Sie erinnern sich sicherlich noch an die ungeliebte Verwandtschaft aus: „*Vielleicht aus einer vergangenen Zeit*" nein! oh nein! gar nicht , rein gar gar nicht! …. natürlich hatte er meine homepage studiert und war auf das inzwischen allgemein bekannte Beaumont: „Enkel des Firmengründers" gestoßen. oh nein! betonte er nochmals. … . auch die Kormula ist nicht mehr in der Politik. Mag´s da, damals vielleicht noch Beziehungen gegeben haben, aber jetzt: nein, kein Kontakt mehr zu den Phaettbergs´s oh nein!. Man sei zwar in einer Gemeinschaft, er und die Kormula und tausche sich über die Fälle aus, aber: ohne Namensnennung natürlich, wie glaubwürdig! - ohne Namen! alles anonymisiert. eine Farce!… man sei ja nur in körperlicher Nähe, das habe nichts mit geistigem Kontakt, geschweige denn, Austausch zu tun… aber reizvoll war´s und wär´s für den jungen schon, den Namen : Närrisch auch noch in seiner Gästeliste führen zu können, das war zu bemerken. Und dazu hatte die, von nichts wissende, Kormula auch sicher geraten… Dazu ist dieses Graz doch zu klein, dazu gibt es in diesem Negerdorf (Oh Verzeihung: hätte ich nicht doch besser: Provinznest sagen sollen) doch zu wenig Prominente….

So verabschiedete ich mich also, nachdem mir das eine oder andere steuerschonende, aber irgendeinem anderen dienende, Modell vorgeschlagen wurde und trabte wieder durch die, inzwischen schon lästig heiße Stadt.

Da begegnete ich ihm: dem einzigartigen Hassan Effendi, dem dereinst mächtigen Baudirektor des Landes Sankt Eiermark, bei seinen Untergebenen liebevoll auch Baudi genannt… Er, der damals Markenzeichen kreiert hatte, wirkte jetzt damit eigentlich nur mehr lächerlich. Das Dreirad, mit dem er immer noch, nun aber völlig unbeachtet, fuhr, wirkte eher nur für die entsprechend, für die es gebaut wurde: behindert; die Baskenmütze auf dem riesigen Schädel wirkte wie der, bereits ausgezogene Pizzateig über der Kante, wenn er von dieser schlaff herunter hing. Peinlich. Der architektenschwarze Einheitsanzug unaktuell, weil seiner Klientel nicht mehr angepasst. Ein (Fahrrad)Ritter zur traurigen Gestalt. Fehlten eigentlich nur mehr die Windmühlen, gegen die er noch anzutreten hatte…..

Und schließlich, am Nachhauseweg, im Auto, ereilte mich die Todesnachricht von Pupperl Gstoßer. Ein namhaftes sozialistisches Urgestein war den Weg aller Irdischen gegangen, heimgegangen. Pupperl galt, in seiner Zeit, als Chefideologe der Partei, war, da er zeitgleich mit Mooschi, dem Landesfürsten regierte, auch sein einziger, ernstzunehmender, Widerpart. Ich bin gut überzeugt davon, dass der gute Mooschi beim Begräbnis des Pupperl auftauchen wird, sich zeigen wird. Er war ja soo von ihm überzeugt, es sei ja soo ein schwerer Verlust, blabla, würde er am offenen Grab dahinlügen, würde man ihn darum bitten. Zur aktiven Zeit beider, als man in der herrlichen Sankt Eiermark noch im kalten Krieg lebte, und die Zeit noch nicht lange genug aus war, da die eine Partei der anderen die Existenz verbot und deren Mitglieder internierte, wären so freundliche Scheinheiligkeiten sicher nicht ausgetauscht worden. Zu frisch waren noch die Wunden, die der jahrzehnte lange Stellungskrieg auf beiden Seiten aufgerissen hatte….

Ja, dieser Pupperl, ein ränkevoller Mensch konnte es. Er hatte den dafür erforderlichen Intellekt und auch die entsprechende Konsequenz. Zu tief saß ihm vermutlich noch die Demütigung in den allzu großen Knochen, die den Proletarier-vorfahren angetan wurde.

Er aber, er konnte es sich schon wieder richten: Seinen großen ideologischen Vorbildern des realen Kommunismus folgend, war er gleicher, als seine Brüder. Er liebte und genoß die Freuden des Kapitals. Mit einer jungen Frau an seiner Seite, die im kalten Winter nicht frieren durfte, wenn sie, in ihrem schönen Pelzmantel, dem (gemeinsamen?) Buben beim reiten zusah. Jenem Buben, der dann in Moskau bei den olympischen Spielen teilnehmen „musste"; der Papa hatte ihm dafür das erforderliche Millionending unter den Hintern geschoben……

Du sollst nicht lügen; oder: hat denn der Auto-verkäufer wirklich nichts geschnallt

Du sollst nicht lügen, hat eines der elementaren Gebote, nämlich der zehn, Gebote, schon zu meiner Schulzeit gelautet. Ob da: du sollst kein falsches Zeugnis ablegen besser, der heutigen Zeit eher entsprechend ist, wage ich zu bezweifeln. Wie dem auch immer sei: Verkäufer und im speziellen Autoverkäufer sollten noch mal die (Volks)Schulbank drücken; jene Ausbildung, die als (Herzens)bildung auch sie – zwanghaft- mitbekommen haben hätten müssen. „So viel kann keiner gefehlt haben!", hatten schon Gescheitere vor mir mit Fug und Recht behauptet. „Hat der denn Alles verschwitzt?" Ist der nur da gesessen und „hat auf die Maturaa gewartet", wie uns dereinst einer unserer Professoren vorgeworfen hatte. Haben sich diese - man ist schon fast geneigt, Untermenschen dazu zu sagen - denn gar nichts ins´ Logbuch schreiben lassen, oder geschrieben? gibt es das? Gibt es den kompletten Wahnsinn, den wahnwitzigen Irrsinn? Hat der Methode?

Wie immer: Ein Beispiel : Ich bin wieder einmal – nach der inzwischen schon traditionellen Abstinenz von mehr als zwei Jahren - schwanger. Schwanger mit dem Gedanken, mir das beste Auto der Welt zu kaufen, den guten Morsche aus Muffensausen. Ich kann´s nicht lassen. Das hatte schon mein Vater diagnostiziert, wie ich nicht viel älter als 20 war. Dem - damit mich meinend - kannst du kein Geld geben. Der kauft sich sicher einen Morsche, wenn er einmal ein Geld hat. Was er nicht erkannt hat: ich brauche es. Vielleicht wie andere ihr tägliches Gläschen Rotwein brauchen, ohne dabei Alkoholiker zu sein, oder: andere ihre tägliche Arbeit brauchen, frei nach dem Motto: „ gib mir meine tägliche Arbeit, oh Dienstherr!", weil sie einfach danach süchtig, davon abhängig sind. Ich brauch´ halt meinen Morsche. Auch ein Spleen, ein mitunter teurer Spleen. Mit fortschreitendem Lebensalter wurden die Fahrzeuge immer jünger; komisch was? ob das was mit der mitwachsenden Brieftasche zu tun hatte? eigentlich nicht! damals wie heute hätt´ ich mir schon einen Neuen leisten können, aber dann doch nicht getan. Zuu groß war der Respekt vor dem, wie sonst nirgendswo soo rapide verfallenden Wert, wie bei einem Auto. Zumindest von Neu weg… na, aber eines wurde immer penibler gesucht und immer öfter angestrebt : Ich wollte keine Krücke mehr, darunter versteh´ ich : ein geschminktes Fahrzeuge. Entweder wurde - damals wie heute - der Tacho zurückgedreht, oder wurden Unfallschäden – mehr oder minder gut – kaschiert und natürlich verheimlicht. In beiden Fällen wurde der Kunde, oder Käufer, betrogen, belogen. Und, von wem am professionellsten? vom Verkäufer, sprich dem klassischen Autoschnalzer, oder sollte ich besser Autohändler, was für ein Widerspruch im Ausdruck, sagen? Ganz umsonst haben ja diese Burschen nicht die Nachfolge der berühmten Rosstäuscher angetreten; mehr oder minder genial.

Dass Käufer natürlich auch getäuscht werden wollen und die Wahrheit nicht gerne zur Kenntnis nehmen, oder immer irgendwo einen Preisvorteil herausschinden müssen und letztlich alles ein Schnäppchenkauf sein muß, ist gewiß eine ganz andere Sache.

Nun ist es natürlich bei der meistverkauften Automarke der Welt, die noch dazu die besten Autos baut, nicht leicht, sich als potenter Käufer zu erkennen zu geben. Zu leicht hängt bald einem großen oder kleinen Buben der Verdacht nach, nur einmal schnell eine Runde mit einem Auto drehen zu wollen, dass man dann sowieso niee kaufen will. Welch ein Zufall! ich gebe zu: ist auch mir schon passiert, damals…. Aber, das ist dann so die kleine Rache des Käufers am Händler-verkäufer: „Na, glaubt mir der´s eh net, doß I ma dei Reib´m kafa ko?!?"

Wenn er sich dann täuscht, bereitet es dem Käufer sichtlichen Gefallen: „Nou, du Horrnox, host die do dou teischt!" Wie immer die Geschichte ausgeht, ER hat gewonnen. Wenn er´s d´rauf anlegt, natürlich.

Ich, ich war natürlich, wie immer, anders. Ich wollte einen schönen Morsche, der durchaus auch ein bisschen Geld kosten konnte. Aber: er sollte weder einen Unfall haben, noch sollten die Kilometer überdreht sein; und wenn: ich wollt´s halt wissen. Wie mich vor kurzem ein guter alter Freund gefragt hat: „ Was soll ich denn beachten, beim Autokauf?". Als ich ihm dies sagte und hinzufügte: „Na, du magst doch sicher kein Ex-Unfall-Auto, mit einer Million Kilometer besitzen!" , war er zunächst, ob der präsentierten, vermeintlichen Trivialitäten bös, aber: dann dankbar, als er´s geschnallt hatte.

Ja, das wollte ich, einen so genannten Premium Car , zu gut neudeutsch. Einziges Problem: Ich wusste zunächst nicht, dass auch bei einer sooo edlen Marke, wie eben Morsche der Betrug bei vielen Geschäften Pate stand, denn: Wie kann es denn sein, dass gewisse Knaben, ausgerechnet nur von dieser Marke ausschließlich Augapfelfahrzeuge anzubieten haben, und das selbst nach 30 Jahren noch? Und: Fahrzeuge, die – laut Tacho – niee mehr als 100.000 km haben, nur weil das in den Köpfen der Leute heute noch eine magische Grenze (wofür eigentlich?) darstellt. Kann das mit rechten Dingen zu gehen? Fragt man sich dann immer wieder - zwangsläufig. Ich meine: Nein! Das kann nie und nimmer seine Richtigkeit haben! Das einzig Nachvollziehbare dabei ist vielleicht, dass diese Fahrzeuge – auch nach mehr als 30 Jahren, gegenüber allen Anderen, immer noch einen relativ hohen Wert darstellen; zum Teil als gebrauchte weit mehr, als Andere neu. Das liegt nicht nur am perfekten Marketing sondern auch daran, dass die Legende eben immer noch lebt; das jeder, auch heute noch glaubt, der gute alte Ferdinand habe noch selbst an diesen Fahrzeugen eigenhändig herum geschraubt, oder die Endkontrolle durchgeführt. Wenn er noch lebte würden die gut geschulten Verkäufer dem allzu dummen Käuferpublikum diese G´schicht auch noch einidrucken, bin ich mir ganz ganz sicher…

Also: ich wollte einen Premium Car…. das wurde mir auch versprochen, aber: es kam, aus dem einige hundert Kilometer entfernten Westen: „ A G´schminkte Leich", wie mein fast schon überkritischer Fahrzeugtester und Chefmechaniker feststellte. Ich war mir ja nicht sicher, ob er mir das Fahrzeug nur zu neidig war und deswegen schlecht machte, oder ob er tatsächlich soo im Eck war. Schließlich hatte er einen prominenten Vorbesitzer mit viel Geld – in der Familie- sodaß man anzunehmen geneigt war, das Alles bestens sei. Hudlikowsky hieß der klingende Name des Vorbesitzers, mit dem auch recht heftig geprahlt wurde. Eine Dynastie , die sich mit dem Beschleifen von Edelsteinen befaßte. Ein Sproß dieses edlen Geldadelsgeschlechts hatte sich diesen Schlitten zugelegt und: offenbar fürchterlich schlecht behandelt. Obwohl der Wagen, lt. Tacho nur 50tkm aufwies, zeigte er schon starke Gebrauchsspuren, sodaß sich der Verdacht nahezu aufdrängte, dass da gut und gerne 100 tkm mehr auf das Fahrzeug hinaufgeradelt wurden…..und dann die Geschichte mit den Vorschäden: zuerst hieß es: ein paar kleine Kratzer vorne, die jedoch wieder ausgebessert wurden, dann kamen weitere Kratzer hinten , ein Parkschaden im rechten hinteren Kotflügel, und - nachdem ich Druck gemacht hatte - auch noch die rechte Tür dazu, die infolge eines kleinen Seitenschadens komplett lackiert werden muß-te. Ein 360er-Bussi-Pussi- wie die Fachleute dazu sagen, oder „ A Wandl" – ein sogenannter Rundumspecht. Igitt Igitt.!!! und dann die G´schicht mir der „ history"! Da wurde mir alles mögliche aus einer fiktiven history vorgelesen. Einziger Schönheitsfehler: ich bekam sie nicht zu Gesicht! Warum eigentlich? ich weiß es nicht! die fehlenden Services? kein Problem, kann man nach der history alle ganz leicht nachtragen… mit gleichem Stempel und gleicher Schrift und Kuli natürlich. „Na , Holla! Für wie blöd haltet ihr mich?" drängte sich da für mich als Frage auf….

Als ich das Alles dann dem Händler, der ihn sozusagen in Kommission für den Kollegen aus dem Westen übernommen hatte, erklärte und ihm verständlich zu machen versuchte , warum ich nun das Fahrzeug nicht nähme, sagte er nur knapp: „Jetzt weiß ich was sie wollen! ich wüsste da einen, der hat glaub´ ich – aufgrund einer günstigen Aktion nach dem Winter - die Motorhaube nachlackieren lassen. Sonst ist aber alles bestens in Ordnung!" …

Da frag ich mich dann schon : Heiiiij Leute! habt ihr denn gar nichts kapiert???

Ich und ich, wir Zwei; oder: über die unglaubliche Gedächtnisleistung meines besten Mitarbeiters

Ich bin begeistert, beigeistert über meine, wiedererstarkte Gedächtnisleistung. Sie ist wirklich einzigartig, ich bin einfach mein bester Mitarbeiter….mußte ich mir neidlos zugestehen

So geschehen gestern und fortgesetzt heute. Da galt es, ein, wirklich schon Jahre zurückliegendes, Projekt wieder neu aufzubauen. Ein Projekt, dass mich, nicht nur aufgrund der ewig langen Dauer seines Bestehens, nicht soo fesselte, das ich einfach nicht mehr angehen wollte. Es lag also nicht nur am Projekt, sondern auch am Projektwerber, wie´s so schön in der Fachsprache heißt. Oder: Antragsteller, einfacher: Bauwerber, oder: Auftraggeber. Allein schon seine Stimme, könnte einen in den Wahnsinn treiben. Wie eine kastrierte Hummel- hatte es früher so schön geheißen; und ich find´ die Bezeichnung nicht schlecht. Sie giebt nämlich – lautmalerisch – genau den Eindruck wieder, den dieses Subjekt bei seinen Gesprächspartnern hinterlässt: Etwas Unangenehmes. Leicht säuselnd ist untertrieben; nervend ist besser, trifft´s aber auch noch nicht; wie eine Stechmücke, die ihr Ziel nicht findet, die man aber auch nicht erschlagen kann; vom Geräusch- oder empfundenen Lärm her (es ist ja wirklich störend) ähnlich, sehr ähnlich.

Und dann, der dzt gerade noch amtierende Bundeskanzler hatte, knapp vor seinem Fall gesagt, das Gesudere. Damit wird er wohl in die Geschichte eingehen; ähnlich dem guten

Sinoschmatz, der auch den Leuten nur aufgrund seiner Sager im Gedächtnis geblieben ist : „ Es ist Alles sehr kompli

ziert", oder „ Wir nehmen zur Kenntnis, dass nur das Pferd von Herrn Waldheim bei der SS war". So wird´s auch diesem Grusi, wie er leibevoll genannt wurde, dereinst einmal gehen: Der „Gesudere-Sager" wird im Gedächtnis der Menschen hängen bleiben, sonst? – eher Nichts, denn: gebrochener Wahlversprechen können sich andere Politiker auch rühmen.

DAS war´s also : ich verband mit dem Namen Leidinstin immer diese höchst unangenehme Stimme, speziell wenn er wieder einmal anrief, um - na was glauben sie wohl was? - zu sudern, richtig! Und dann: das unendlich versch… ‚Entschuldigung! verunglückte Verfahren, das noch dazu darin kulminierte , dass die liebe Behörde, bevor sie den Akt oder deren Fragmente teilweise vollständig retournierte, noch schnell Pläne entfernte, die Unterlagen wahrlich auf den Kopf stellte und – einem Kartenspiel gleich - die Dokumente mit Akribie durchmischte. Da das Projekt, zwischenzeitig, doch schon über mehr als sieben(!) Jahre gelaufen war und aus insgesamt 5 verschiedenen EinreichVersuchen , überarbeiteten Versionen, Ergänzungen etc etc bestand, kann man sich leicht vorstellen, dass unheimlich viel Papier auf einen Haufen zu liegen kam (hätte man die Zettel übereinander geschlichtet, käme man auf eine Gesamthöhe von mehr als 1,5m). Dazu wurde diese Konvolut – wie bereits beschrieben - einem puzzle ähnlich in seine Bestandteile zerlegt. Für einen Ordnungsmenschen, zu dem ich als gelernter Techniker nun einmal – nolens volens- geworden bin, der absolute Albtraum, wie man sich leicht vorstellen kann. So wollte ich nun über die Monate, inzwischen war auch wieder fast ein Jahr verstrichen, den Haufen nicht einmal ansehen.

Aber: wie immer: Nutzt hals nichts, irgendwann hatte sich auch dieser , hartnäckigste aller Nichtzahler, zu dem Wunder entschlossen: er zahlte. Und gar nicht allzu wenig. So hatte ich, mir, oder besser meinem zweiten ich gegenüber, meine letzte Ausrede verloren und konnte nur mehr gute Miene zum bösen Spiel - im wahrsten Sinn des Wortes - machen. So überredete ich also meinen besten Mitarbeiter, mich selbst, dazu, anzufangen. Und es war wie verzaubert: es passte offensichtlich sehr sehr viel zusammen. Es war kühl in der Früh, meiner besten Arbeitszeit; Sonntag, oder Feiertag, jedenfalls ein Tag, an dem mich nicht einmal der wahnsinnige Postler aus irgendetwas herausreißen konnte und ich, im Morgenmantel, gemütlich worken konnte. Meine beiden Hausgenossinnen schliefen friedlich, offenbar gut und lang und dann : die Muse küsste mich: ich machte mich über die Unterlagen her und fand den sprichwörtlichen roten Faden: ich: besser : er, mein zweites ich. Ich, also er, war von einer Genialität, sonder gleichen, erfaßt. Ich kam mir vor, wie es den Aposteln zu Pfingsten gegangen sein soll: auf einmal entwickelte ich Fähigkeiten, von denen ich nicht mehr zu träumen gewagt hatte. Ich war begeistert. Einem hochtrainierten Supersportler, gleich, entwickelte mein Gehirn Fähigkeiten, die fast schon einer perfekten Singstimme mit Klavierbegleitung glich… ich konnte auf einmal auf mehreren Manualen meiner Memorierfähigkeiten gleichzeitig spielen, denn: da gab es ja Unterlagen aus den verschiedensten Epochen, und das noch dazu 5 fach. Da galt es, tatsächlich einen riesigen Haufen an einzelnen Eindrücken zu koordinieren, man könnte schon fast kanalisieren dazu sagen; wie wenn man ein zusammengefallenes Kartenhaus, an einer Schnur anziehend, wieder aufrichten könnte. Es gelang: zuerst Stück für Stück, dann.: Blatt für Blatt, dann:

Paket pro Paket, dann: Ordner für Ordner. Es fügte sich… irgendwie war ich mir selbst nicht mehr ganz geheuer. Wer hatte da, wie zusammen gearbeitet?. War es nach soo langer Zeit wieder möglich, die Fäden soo zu schnüren? Soo spielerische die einzelnen Trümmer wieder aufzurichten? Es kam mir vor, wie wenn zwei Archäologen allein das ganze forum romanum in einem einzigen Tag wieder aufrichten wollten, ohne Plan, ohne lange Überlegungen oder Vorbereitung: einfach hinsetzten und tun…. Eine Eingebung? Eine Willensfrage? Hat hier der Geist über den Geist gesiegt? Ist ein Wunder geschehn? War es Inspiration, oder einfach nur die wiedererlangte Denk- und Merkfähigkeit? Das Regenerieren, längst verschütteten, oder verschüttet geglaubten Wissens? Ein absolutes Wunderding, das wir Menschen zwischen den Schultern tragen, offensichtlich doch nicht nur, um das Hineinregen zu verhindern…..

allein und doch zu zweien oder dreien
230703; *an jana*

Schön, dich bei mir zu haben – auch in deiner abwesenheit.
Schön, dich zu spüren – auch wenn du nur örtlich od. kör-
perlich (weit) weg bist.

nicht schimpfen, aber ich glaube, die entfernung tut gut, ist
wichtig…. hätten wir sonst diesen „abschied" geschafft?
diesen unüberbietbaren höhepunkt körperlichen seins? hättest du sonst die kraft gehabt, so einfach „danke" zu sagen u.
dich aus mich zu verabschieden?

ich glaube, wohl kaum.

ich bin froh, stolz, zufreiden, begeistert, elektrisiert. sooo
etwas noch erleben zu dürfen; überhaupt erleben zu können.
es ist irrational stark, gewaltig in seiner kraft und unbe-
zwingbar in seinem element. es werden ihm noch viele
kraftvolle akte folgen. es gefällt mir gut, den boden grie-
chenlands betreten zu dürfen, das für seine extremata der
historischen unvernunft aus der vergangenheit bis heute
bekannt ist u. davon lebt. philemon u. baucis; der raub der
helena durch paris, odysseus u. circe….

ich muß wieder versuchen i.d. geschichte u. mythologie ….

es war einfach zu schön, um es nicht selbst noch einmal
leben zu sollen.

ich möchte es mit dir, u. nur mit dir leben, du mein lebens-
traum. es kommt mir so vor, als ob ich all´ die grade der

körperlichen u. geistigen fitness (als hilfsausdruck) nur deinetwegen erlangt oder geschenkt bekommen hatte.

es erscheint auch mir noch immer so irreal….

es fällt auch mir absolut nicht leicht, mich an diesen sturm, orkan der leibe zu gewöhnen u. hoffen, es nie wirklich (ganz) zu tun.

immer schweben, niemals wirklich landen, neimals abzudriften von diesem reissenden strom der begierde, der unvernunft, des ungreifbaren u. unfassbaren.

…………... ich liebe dich …………… und nur die liebe zählt……
…………ich liebe dich
………..ich liebe dich
…….ich liebe dich
….ich liebe dich
..ich liebe dich…………
………………………….und NUR die LIEBE zählt ! ! ! ! !

Freut euch, freut Euch, Leute! Bescheißt mich bitte heute!

so, oder soo ähnlich könnte ein Kinderreim lauten, ein Aus-zählreim… irgendwie bin ich mir heute so vorgekommen, als hätte ich ein T-Shirt, genau mit dieser Überschrift ange-zogen… „..bescheißt mich bitte! heute!" …..

ich ging in den Tante-Emma-Laden um´s Eck, wie immer, wie sehr oft in der Früh. Ich hatte mich schon daran ge-wöhnt, war zufrieden, meine Wurst, die Semmerln, Milch, Butter und das Übliche halt einzukaufen. Das was ich woll-te, und nicht irgendwelche Werbestrategen sich für mich ausgedacht hatten; diese fürchterliche Spezies Mensch, die den lieben langen Tag nichts anderes tut, als sich Werbe- und Einkaufsstrategien auszudenken: Was steht wo am bes-ten? Wo muß ich die Kaugummis, dem Kinderauge am nächsten, platzieren? wie forciere ich den Kaufrausch am besten? wie bring ich das Kaufvieh (sonst, und bald wieder: Stimmvieh) dazu, sich möglichst leicht, und für es unauffäl-lig, nach Belieben melken zu lassen? Wie? wie? Wie?

Bei IHM passiert mir DAS nicht, bei ihm, meinem Freund, dem Herrn Beutler, dachte ich. Der schnapst mich nicht, dachte ich, da hab ich kein Problem….

„Es irrt der Mensch, solang´ er krebst." - möchte ich, als Hobbyphilosoph, dazu nur anmerken.

Heute wär´s ihm beinah gelungen, diesem Schurken!

Ich sollte noch erwähnen, dass ich deshalb so gerne zu ihm gehe, weil mich genau dort das Kauferlebnis nicht kalt erwischt, ich genau dort dem Einfluß der Profis nicht erliege. Dort, in diesem gemütlichen Familienbetrieb, wo die Welt

noch in Ordnung scheint, dort, wo ich statt ungewollter 100 einfach nur meine 30 Euro ausgebe….

Na, ich kaufe – wie immer ein – diesmal ein wenig mehr und : Tschak! 79 euro 50! „Olla!" schrei ich noch schnell aus! „Deis is oba vuil heit! da muß ich mit Benko zahlen!" „Kein Problem!" sagt mein gegenüber an der Kasse, zwinkert mit seinen (Schweins)Äuglein ganz verschmitzt und denkt sich: DER Tag beginnt gut!... und dann, als ob ich mit Automaten ein Bündnis hätte: er funktioniert nicht! Darauf beginnt der gute Mann nachzurechnen und kommt drauf, dass er mir für´s Brot 30 (!) statt 3 Euro verrechnen wollte…….. „52, 30.." heißt es dann plötzlich und ich kann mit Bargeld zahlen, bleibe ihm aber einen Rest schuldig, da ich sowieso nur a fuchzgarl eingesteckt hob. „ Mocht nix", erwidert der Kompaniero….

ich beschwere mich noch lautstark: „ Na. so was! das hätt´ ich mir nicht gedacht! Dieser Beutler! das ausgerechnet ER das mit mir macht! mit mir , der Unschuld vom Lande!" – na, mit wem denn sonst , du dummer Hund ! denk ich mir dann beim Hinausgehen - bist ja selber schuld, wenn du wieder DEIN T-Shirt anhast……..

Der Frühling ohne Sommer, oder: Jan Palach, die Legende lebt

Nun ist es beinahe – schon wieder – 40 Jahre her: der Prager Frühling, wie die Zeitung heute schreibt. Eigentlich war es eine schaurig-schöne Zeit, unsere Kindheit. Ich war damals, als heutiger 54er, ein unechter 68er, da ich damals nicht 18, sondern eben mal 14 Jahre alt war. Aber: da war schon knapp vor unseren Toren wirklich sehr sehr viel passiert. Zweimal ist beinahe „der Ruß wieder gekommen", hatte sich für die Altvorderen, wie meinen Vater, der zu den sechs Kriegsjahren noch 5 Jahre in russischer Gefangenschaft ab-gesessen hatte, das Schreckgespenst beinahe wiederholt. „Wenn nur die Russen net komma!" war ihre größte Angst. Eine Angst, die sie auch auf uns, zumindest aber auf mich, der ich mich schon in der Mittelschulzeit – mit einem Freund gemeinsam - für Zeitgeschichte brennend interes-sierte; uns war diese Warnung vielleicht näher gegangen, als manch einem anderen. Uns den Interessierten, uns den Ge-bildeten, uns den Schwerenötern. „ beates sunt pauperes spiritu" kann man da nur sagen: den Todel stört's nicht, wenn sich die da oben, die G'schtudierten, die wir damals noch gar nicht waren, wieder irgendwelchen Hirnverren-kungen hingeben…. Sie können's ja gerne in „ *Meine Freunde, die Tischler*" nachlesen. „Dem Todel ist's einer-lei", hätte meine Mutter- ohne sie zu stark missbrauchen zu wollen - gesagt.

Uns war's nicht egal: mir jedenfalls nicht! Da war knapp vor unserer Haustür wieder beinahe ein Flächenbrand entstan-den, nicht irgendwo im Kaukasus, wo man gar nicht genau weiß , wo das genau ist, dieses Südossetien, sondern in Prag, einer – angeblich soo wunderschönen- Stadt. In Prag, einer Stadt, die schon von Pawel Kohut als eine Stadt, mit

einer grauenhaften Geschichte, beschrieben wurde. In einem seiner Romane berichtet er, wie sich die Bevölkerung, die uns von den Vätern schon als immer „ wahnsinnig brutal" vermittelt wurde, an der Nazi-Herrschaft rächte; sie sollen die Nazi-Führer, deren sie, nach der deutschen Kapitulation habhaft wurden, kurzerhand verkehrt an Laternenmasten aufgehängt und dann - bei lebendigem Leibe - verbrannt haben. Grausam.

In dieser Stadt nun, besser : in diesem Land lehnte sich die Bevölkerung, knapp 20 Jahre nach Kriegsende, gegen die sowjetische Herrschaft auf und wollte einen „Kommunis-mus mit menschlichem Antlitz" schaffen; einen Kommu-nismus, in dem es z.B.: die Rede- und Pressefreiheit wieder geben sollte, nur: der Frühling währte nur bis zum Sommer: am 21.8.1968 fuhren schon die russischen Panzer in der Hauptstadt vor. Die ersten Besatzer mußten rasch ausge-tauscht werden, weil sie sich allzu schnell von der tschechi-schen Bevölkerung überzeugen ließen; erst die zweite Welle sorgte mit eiserner Faust wieder für „Ruhe und Ordnung" im Warschauer-Pakt-Mitgliedsland, der vermeintlichen Heilsgemeinde der Befreiten; die kommunistische Eiszeit war damit wieder besiegelt.

Dann kam er, Er, der meiner Meinung nach auch heute noch, immer viel zu wenig besungenen und umjubelte Nati-onalheld: Jan Palach, der junge Student. Er wollte ein Mahnmal setzten. Zum Preis seines eigenen Lebens. Vor der Prager Nationalbibliothek ging er als flammendes Symbol für die Freiheit, die er glaubte dadurch wiederherstellen zu können, auf.

Er übergoß sich, vor einer Menschenschaar mit Benzin und ging in den Heldentod. Er starb für seine Überzeugung, über die – auch einige Zeit noch danach - die ganze Welt sprach, doch: was hatte er damit erreicht?

Wen wollte er damit erreichen? War „nur" das Fanal dieses, furchtbare Opfer wert? Ich weiß, dass ich damals, wie heute, immer noch zu tiefst erschüttert war und bin und, wenn ich ehrlich bin, es mir heute noch nicht vorstellen kann, dass irgendwer, weswegen auch immer, soo einen, sooo einen entsetzlichen, weil für mich endgültigen, Schritt zu setzten im Stande ist. Ist dieser Schritt für ihn vielleicht nicht endgültig gewesen? lebt er, in wem, oder was auch immer, weiter? ist er unter uns? reicht(e) es ihm, in den Köpfen weniger- wie zum Beispiel in meinem - unsterblich geworden zu sein? war das der Sinn oder Zweck?

Oder: war er soo unglücklich, über das Scheitern seiner Idee, dass er sich in diesem- irdischen Leben- keinen anderen Ausweg mehr sah? War es das?

War es „schlichte" Hoffnungslosigkeit, für die der Tod eine Erleichterung darstellte? Einem Todkranken gleich, der nur mehr von und mit schweren, unerträglichen, Schmerzen lebt für die er aber nicht leben , sondern lieber sterben will? Ist es das?

Für mich wird´s ewig ein Mirakel bleiben! Wie groß muß diese Hoffnungslosigkeit wohl sein? Wie wenig Lebensmut muß da übrig geblieben sein? Wie emotional ausgelaugt muß dieser Geist/diese Seele gewesen sein, wie antriebslos; dass es ihm dann aber, in der letzten Sekunde seines Lebens, gelang, alles, wirklich alles an Energie zusammenzukratzen, um eines zu überwinden, dass sonst in jedem Anderen am vitalsten vorhanden sei: der (über)Lebenstrieb, wird für mich eine Türe bleiben, die sich nie eröffnet….vom Baum dieser Erkenntnis werde ich vermutlich nie naschen können.

Immer diese Deutschen (?),oder: Hauptsache der Stumpfsinn hat Methode

Hauptsache Methode, es kann auch Stumpfsinn sein, könnte man schlußfolgern, wenn man die jüngsten Aktionen der Beefkonen in „Olympia", natürlich richtig: bei den Olympischen Spielen beobachtet.

Methode, das ist etwas, das unsere Freunde aus dem hohen Norden soo gerne an den Tag legen. Wo und wann , unpassend, auch immer. Hauptsache: anwenden: Zack, zack!

Wieder zwei Beispiele zum angreifen: Reiten, zum Beispiel, besser: Dressurreiten. Da wird die Eine immer erste und die Andere immer zweite. Und dann glaubt die zweite immer noch an Zufall! Na, so ein Stumpfsinn! Objektiv betrachtet: wenn der eine über drei Olympiaden, als Zeiträume gesehen, also in Summe:12 Jahre immer gewinnt, und der andere immer hinter her hoppelt, sollte er sich doch was denken, oder? Da macht´s doch keinen Sinn mehr, von göttlicher Fügung, Zufall, schlechtem Tag, oder sonstigen Fatalismen zu faseln, oder sich darauf auszureden. Da gilt einfach nur mehr eins: „der Bessere möge obsiegen!" und er hat obsiegt! Ist schon zweimal, einmal zuviel, aber: dreimal: na, holla! Da sollte man doch darüber nachdenken! Also! Einfach nachdenken, Frau Bert! Auch SIE sollten es einmal behirnen, dass sie einfach die Schlechtere sind, denn: zufällig ist das nicht passiert, nicht nach soo vielen Wiederholungen. Da hilft auch die Methode: „und steter Tropfen höhlt den Stein" nicht, denn: nur Beständigkeit und Sitzfleisch, allein, macht´s halt – offensichtlich - auch nicht aus. Sonst sagt man immer: überlaßt´s das Denken doch den Pferden, die haben einfach den größeren Kopf!" Wie wahr, oh, wie wahr!! Just in diesem Fall perfekt anwendbar.

Der zweite Fall klingt für dieses, im wesentlichen durch seine Konsequenz bekannte, Volk schon besser: Da gewinnt ein Beute-Beefkone eine Goldmedaille; das dieser Recke noch dazu aus Ostaricchi stammt, find ich ja hinreisend komisch und äußerst bemerkenswert. Mit diesem Import einer fremdländischen Blutauffrischung hatte diese Nation nämlich schon einmal sauber, aber ganz schön sauber und ordentlich Schiffbruch erlitten. Aber: wer nicht öfters wagt, der nicht gewinnt, könnte man in leichter Abwandlung eines bekannten Spruchs fast meinen. So nehmen sie ihn also auf. Ihn, der für seinen Nationenwechsel, die Laschheit der Ostaricchianer, im Gegensatz zu der Konsequenz und Zielsicherheit der Beefkonen angibt. Ausgerechnet! Dann noch die fatale, ja schon schicksalshafte, Begegnung mit einer aus diesen Landen Stammenden, die dann bei einem Unfall um´s Leben kommt. Da reißt´s ihn z´amm: Er beschließt für SIE zu kämpfen und: „reitet für Deutschland". Diesmal war nicht nur das Pferd dabei. Nein, da war schon der Recke selbst gefordert, musste seinen Mann stehen. Dann der Höhepunkt: Als Beute-Beefkone sollte er bei der Bundeshymne mit singen: einziges Pech: der alte Text passte nicht soo gut zur neuen Hymne. Den neuen Text hatte er schlicht vergessen, nicht so gut gelernt, weil er in Wirklichkeit doch nicht mit einem (Olympia)Sieg rechnete?

Kannst du denn sooo leben?

„Sag, kannst du soooo leben?" Ist eine Frage, die nur ein Unbehinderter einem Behinderten stellen kann. Natürlich auch nur, weil er als Geher, seine Beine noch hat oder diese bewegen kann. Die Angst, im Behinderten deswegen Neid aufkommen zu lassen, nur weil er eben hat, was er hat, der Unbehinderte, ist für den Behinderten nicht nur irrational sondern auch irrelevant.

„Der macht sich da ganz andere Sorgen, dass kann ich dir sagen!" Bemerkte dazu, meine im Rollstuhl sitzende, Schwiegermutter. Diese Gedanken macht sich DER nicht. Der hat so viele andere Probleme mit seinem Körper, dass er auf die Befindlichkeiten anderer gar nicht eingehen kann, oder will. Der denkt über andere Dinge nach, wie z.B: Wieso kann der „Querschnittler" nichts an seinen Beinen empfinden? Warum muß er seine Beine in regelmäßigen Abständen abgreifen, um Verletzungen zu orten, die, unbemerkt, für ihn tödlich sein könnten, denn: er spürt, ab der Stelle, ab der er gelähmt ist, nichts mehr. „Dem könnte einer mit der Schere in den Oberschenkel stechen, er würd´s auch nicht merken." Meinte die Schwiegermutter dazu wie beiläufig und weiter: „Da hat vor kurzem eine junge Querschnittlerin ,eine Tiefe, erst nach einiger Zeit bemerkt, dass sie den Hax nochgschliffen hot, ois er eh schou recht bluatig woar" und weiter: „Da gibt´s eben keine Empfindungen, da spür ich von meinem amputierten Haxen mehr" und ergänzte: „bei den Phantomschmerzen". "Da! beweg amoil mane Zechala!" forderte sie mich auf. Ich kam bei den Prothesenfüßen an und bewegte sie vorsichtig. „Siagst, deis g´schpir I!" sagte sie. „Ja, wo denn?" fragte ich nach, während ich sah, dass die Prothesen-enden auf die Beinstümpfe drückten. „Und deis is da Unterschied! deis g´spiat da Querschnittla neit, egal ob a a Houcha oder a Tiafa is….“ ergänzte sie noch, abschließend.

Ich glaube, wir machen uns generell die ganz falschen Gedanken darüber, dachte ich mir als Unbehinderter dann. Die Probleme, die wir uns machen, möchten DIE gerne haben, schoß es mir kurz, in Abwandlung eines berühmten Werbespruchs, durch den Kopf, bis ich diesen Gedanken rasch wieder verwarf;

DIE müssen sich sicher öfters denken: Na, da wurde ja gerade etwas ganz Essentielles angedacht, wenn wir uns wieder über die wirklich wichtigen Dinge im Leben einen Kopf machen, wie zum Beispiel, wann denn die Thujenhecke wieder geschnitten werden muß, weil sonst die nachwachsenden Triebe verholzen könnten, oder so. Eigentlich peinlich……nicht mehr.

Es wiehert (wieder) der Amtsschimmel

Es wiehert und reitert: der Amtsschimmel! Diejenigen unter ihnen, die diesem teuren und edlen Hobby frönen und somit nicht zu den Gemeindearmen zählen, werden mich sofort verbessern: es reitet nicht das Pferd, sondern der Reiter…. Für wahr, wie richtig! fast! Wenn ich an die Affäre eines ehemaligen Bundeskammeralisten denke, die durch seine Teilnahme an einer üblen Schurkenschaft, in einer sehr dunklen Zeit allerdings, jäh und für immer hätte zu Ende gehen können, bin ich da anderer Meinung; der ehemalige Berufsdiplomat ‚offensichtlich auch ein Verbalakrobatiker wie ich, hatte – das bis dahin Unmögliche - zu Stande gebracht: da galt plötzlich das Pferd als Mitglied dieser Brüderschaft und nicht der Reiter, wie dies auch der, unlängst verblichene, Gremialvorsteher damals, im Parlament , sooo treffend formulierte. War ja damals und überhaupt der Meister des Formulierens, der Lehrer, der faule…..

Ach, wie ist das doch köstlich! Wenn man sich nur ein wenig an zurückliegende Ereignisse erinnert und irgendwann einmal beginnen kann, die Fäden zu spinnen und mag es nur im Kopf sein, denn, wie jeder weiß „…ist die wahre Freiheit nur im Kopf und ist sie nicht im Kopf, dann ist sie nirrgendwo", hatte er einmal besungen, er der inzwischen leicht blödköpfige Barde aus good old vienna, er der ewig Gestrige, er der Parade 68er…

Aber: meine Amtsschimmel sind schon wieder eine Geschichte wert…..

Da wurde uns, Zuvieltechnikern, doch irgendwann einmal die segensreiche, weil sehr einträgliche, Aufgabe der Typisierung übertragen. Es ging dabei darum, dass sich der österreichische Vater Staat, in der Gestalt des Sankt Eiermärkischen LH´s, einbildete, das Rad buchstäblich neu erfinden zu müssen. Nichts leichter als das, im Beamten- und Proletarierstaat, wo die gute Behörde schlussendlich immer am längeren Ast sitzt. Von amtswegen eben. Von diesen Wegen aus betrachtet, hat sie auch immer recht: DIE Behörde. Das diese Behörde nun vielköpfig ist und, der mythologischen Hydra gleich, umso schneller wieder nachwächst, was dereinst abgeschlagen wurde, nimmt der Untertan, besser: Bittsteller auf Schritt und Tritt wahr. Denn: wo zunächst aus einem Gang mit vier Türen VOR der Beamtenreform noch, wenn sie da waren, zwei Köpfe heraussahen, sehen jetzt, NACH der Reform mindestens drei Köpfe heraus, wenn davon – bei voller Auslastung, abzüglich der Krankenstände, dienstlichen Abwesenheiten, mehrstündigen Häuselbesuchen in der Dienstzeit und sonstiger Imponderabilien 9 Knaben im (Pers.)Stand sein sollten. Denn ein Dritterl Anwesenheit ist für dieses System wirklich systemimmanent und absoluter beamten-bestcase…

Weil also die armen, überlasteten Beamten – schon ein semantischer Widerspruch – noch mehr ärmelgeschont werden mussten, wurde die, den Beamten lästige, weil wirkliche Arbeit ausgelagert…. An die Zuvieltechniker, die ja wirklich alles, aber auch schon Aaaalles bestätigen, begutachten und zertifizieren, wenn und wenn: dafür nur ausreichend bezahlt wird…

So ging diese, wirklich geistreiche, Arbeit, die aus mehr oder minder unqualifizierten Abschreibübungen bestand, dahin. Das man für diese (Ab)Schreibarbeiten natürlich Vollakademiker beschäftigen musste, die dann auch noch – selbst – qualitätsgeprüft werden mussten, versteht sich von selbst. Früher, beim Land, wurden diese Tätigkeiten noch von einfachen Schreibkräften, so genannten D-Bediensteten

durchgeführt, die die dafür erforderliche Qualifikation gar nicht hatten. Denn: D-Bedienstete hatten nicht einmal den Pflichtschulabschluß, weswegen man bei diesen einfachen Baumschülerinnen, davon ausgehen musste, dass sie der übertragenen Aufgaben nicht mächtig waren, ein Umstand, der sich dann auch in diversen Beaumonts so bezeichneter Typenscheine bemerkbar machte.

Aber dann: nachher hatte man ja die Vollakademiker, die zwar alles besser machten, wie sie glaubten, aber auch un-heimlich viel komplizierter…. Wie´s eben in der Natur der Handelnden begründet ist… und : soooviel teurer, wie die leidgeprüfte Untertanenschaft, in Gestalt der Antragsteller immer wieder besuderte. Lange, viel zu lange, denn: als man sich daran so richtig gewöhnt hatte, war der Spaß auch schon wieder vorbei. Wie gewonnen, so zerronnen – sagt ein Sprichwort dazu. So ist es eben. Den schon zu Kai-ser(innens)zeiten bestellten Zuvieltechnikern wurde die staatliche Lizenz zum arbeiten von einem auf den anderen tag wieder entzogen. Keiner von den wackeren Recken me-ckerte darüber, niemand gab sich entrüstet, entsetzt, keiner monierte einen wirtschaftlichen Schaden. Mit denen kann man´s ja machen, war offensichtlich die Devise, denn: die Behörde hat immer recht; DIE macht keine Fehler! Gegen

eine Bestellung kann man als Behördenknecht, genannt :
nicht amtlicher Amtssachverständiger –auch wieder so ein
herrlicher semantischer Missgriff – berufen. Gegen eine
Abbestellung nicht. Dagegen ist kein Kräuterl gewachsen.
Da wiehert, wer weiß auch immer. Der Staat feiert wieder
fröhliche Urständ….

Lästlinge, *oder: wie sich die Beamten selbst nicht besser darstellen könnten*

Da hat´s ja, gerade in letzter Zeit, schon genügend Versuche der Selbstdarstellung gegeben, jedoch noch niemals sooo treffende, wie in diesem Fall…..

Ein Beamter stellt sich vor: „Hallo, ich bin ein Lästling!“. „Wie bitte, was?“ „Ein Lästling, sie haben schon richtig verstanden“. „Na, schön, aber was soll ICH bitte DARUNTER verstehen? Können sie mir das erklären?“

Und dann erklärte er, der brave Staatsdiener:

*„Lästlinge sind: kleinere **wirbellose** Tiere, … die sich **gerne in der Näheren Umgebung** des (normalen) Menschen aufhalten; dabei handelt es sich um Arten, die **primär keine deutliche Schadwirkung** haben ; wird jedoch durch besonders günstige (Lebens)bedingungen ihre Vermehrung besonders begünstigt, treten sie **in übermäßiger Zahl** auf und werden damit **zunehmend als störend** empfunden; bei **massenhaftem Auftreten** führen sie zu **Belästigungen, in vielerlei Hinsicht** können sie auch zu Schädlingen werden, zu ihnen zählen u.a.: Kellerasseln, Murasseln und Ohrwürmer…“*

„Diese, wie sie alle zugeben müssen, ach soo treffenden Bezeichnungen und Beschreibungen, habe ich dem, bisher noch nicht veröffentlichten, weil nicht kundgemachten, Text der letzten BaugesetzNovelle 06/08 entnommen“, meinte der, dabei freundlich bis dämlich grinsende, vielleicht selbstkritische Beamte.“ „Ja, aber, wie konnte denn das sein, dass eine Beamten-Selbstbeschreibung plötzlich zum Gesetzestext werden soll?“, fragte Rudolf Schmauswaberl, der sonst nicht soo langsam von Begriff war. „Schaun, se, dass ist doch ganz einfach! Von wem, meinen sie, werden denn die Gesetze gemacht?" „Keine Ahnung!" „Na, wohl wieder nicht aufgepasst in der Schuuule?" „Oh, wohl" musste die Antwort wohl lauten. „No, schaun se: natürlich von Beamten! wer hätte denn sonst wohl für diesen mistigen Pfiffkars genügend Zeit, hmmm?.... Na, sehen sie! und soo wollte sich halt einmal ein Beamter, knapp bevor er in den unverdienten Ruhestand trat, noch schnell ein Denkmal setzten (frei nach dem Song: „Sie haben uns ein Denkmal gebaut, und jeder Vollidiot weiß, dass das die Liebe versaut!") Irgendwie haben´s jo olle an Spinner, die Amtsvögel, der eine einen kleinen, der andere halt einen doch wesentlich größeren…. und so hat sich dieser Vogel halt gedacht: wie formuliere ich eine Novelle so, dass sie zunächst wie eine sinnvolle(?!) Ergänzung eines, von vornherein sinnlosen, Unterfangens erscheinen mag, nämlich einer für alle gültigen Regelung, einer Norm halt. Dann setzte er sich hin und begann zu sinieren und sinieren und und…. Da kam ihm schlussendlich der rettende Gedanke! Ich muß mir nur eine Anleihe im Tierreich nehmen, das wirkt, zunächst, unverfänglich. Ja und so geh!Schas!"

„Ja und weiter? Können sie mir, als Nichtjuristen und -legisten, bitte bei der Auslegung dieser Gesetzesstelle helfen?"

„No, kloar, koa Prouwlein! … ich habe ihnen die Stellen sowieso angezeichnet: da wäre zunächst einmal die Stelle mit dem **wirbellosen Tier**….

 Das hat ein bisschen etwas mit dem klassischen Beamtenwitz zu tun: „Na, Karli" , fragt der Lehrer in der Schule „was verschluckt der Haifisch am liebsten?" „Die wirbellosen Tiere!" „Ja, und wieso?" „weil die kein Rückgrat haben!" „sehr gut! kannst du auch ein Beispiel nennen?" „Ja: Beamte!"…….

„Hahahaha, selten so gelacht, bitte weiter im Text!"

„Ja, dann kommen wir auch schon zur nächsten Stelle: sie halten sich **primär gerne in der näheren Umgebung** von **normalen** Menschen auf… : ganz einfach: das beamtete Faultier hält sich, wenn es nicht gerade den sehr erquicklichen Dienstschlaf schläft, gerne in der Nähe von normalen Menschen (also keinen missmutigen, frustrierten Eigenbrödlern) auf, um ihnen, im maximal möglichen Ausmaß, auf den Wecker zugehen"

„Sehr komisch! Hahahahaha! und weiter?"

„Naja, jetzt könnten´s sas oba schei langsam kapiern; sie brauchen ja nur aufmerksam zu lesen: ….daß sie **primär keine Schadwirkung zeigen**, aber….**in übermäßiger Zahl**… **zunehmend als störend empfunden werden**….

versteht sich doch von selber: denken sie zum Beispiel an eine (Gewerberechts)verhandlung: wenn da zum Beispiel nur 2 Amtsvögel dahersteigen geht´s ja noch, aber wenn sie dann zu fünft, sechst, oder siebent beim Mittagessen auftreten, werden sie bald zur Landplage, weil sie, wenn ein anderer zahlt, den Heuschrecken ähnlich, bald alles leer- bzw. kahl fressen. Insofern find ich auch die Analogie zur Tierwelt fast schon genial"

„Aha!" sagte daraufhin Anton Schmauswaberl sich noch immer vor Lachen schüttelnd, aber zuletzt doch wenigstens noch irgendetwas verstanden haben wollte: „Die zum Schluß angeführten Beispiele sollen dann also beamtete Personenbeschreibungen darstellen, wie : **Kellerassel** – al-

lein der bildliche Vergleich lässt mich schon schmunzeln -
oder: **Murassel** – eher auf das zarte Geschlecht bezogen-
Hohohoho!!!! Aber: **Ohrwurm**? Das ist doch eher was für
den walkman, oder?"

„Na, ihre Bildung haben sie wohl an der Garderobe abgege-
ben, sie Einfaltspinsel!" konterte der, bis dahin soo bemühte
und auf sein Werk stolze, Legist Pospisil und ging seiner
Wege.

So ging diese, wirklich geistreiche, Arbeit, die aus mehr
oder minder unqualifizierten Abschreibübungen bestand,
dahin. Das man für diese (Ab)Schreibarbeiten natürlich
Vollakademiker beschäftigen musste, die dann auch noch –
selbst – qualitätsgeprüft werden mussten, versteht sich von
selbst. Früher, beim Land, wurden diese Tätigkeiten noch
von einfachen Schreibkräften, so genannten D-Bediensteten
durchgeführt, die die dafür erforderliche Qualifikation gar
nicht hatten. Denn: D-Bedienstete hatten nicht einmal den
Pflichtschulabschluß, weswegen man bei diesen einfachen
Baumschülerinnen, davon ausgehen musste, dass sie der
übertragenen Aufgaben nicht mächtig waren, ein Umstand,
der sich dann auch in diversen Beaumonts so bezeichneter
Typenscheine bemerkbar machte.

Aber dann: nachher hatte man ja die Vollakademiker, die
zwar alles besser machten, wie sie glaubten, aber auch un-
heimlich viel komplizierter…. Wie´s eben in der Natur der
Handelnden begründet ist… und : soooviel teurer, wie die
leidgeprüfte Untertanenschaft, in Gestalt der Antragsteller
immer wieder besuderte. Lange, viel zu lange, denn: als man
sich daran so richtig gewöhnt hatte, war der Spaß auch
schon wieder vorbei. Wie gewonnen, so zerronnen – sagt
ein Sprichwort dazu. So ist es eben. Den schon zu Kai-

ser(innens)zeiten bestellten Zuvieltechnikern wurde die staatliche Lizenz zum arbeiten von einem auf den anderen tag wieder entzogen. Keiner von den wackeren Recken meckerte darüber, niemand gab sich entrüstet, entsetzt, keiner monierte einen wirtschaftlichen Schaden. Mit denen kann man´s ja machen, war offensichtlich die Devise, denn: die Behörde hat immer recht; DIE macht keine Fehler! Gegen eine Bestellung kann man als Behördenknecht, genannt : nicht amtlicher Amtssachverständiger –auch wieder so ein herrlicher semantischer Missgriff – berufen. Gegen eine Abbestellung nicht. Dagegen ist kein Kräuterl gewachsen. Da wiehert, wer weiß auch immer. Der Staat feiert wieder fröhliche Urständ….

Peter Maffaii, oder wie verebble ich denn am besten einen Beefkonen

Es war – wieder einmal- genial. Wir besuchten die beefkonischen Lemminge in ihren eigenen Landen. Ich hatte den strikten Auftrag, mich gebührlich zu benehmen und ihnen nicht zu zeigen, was ich denn von ihnen hielte.(warum eigentlich nicht?!). Also genau das tun, was ich doch sooo gerne tue: angepasst sein, mit der Masse mitschwimmen, mich in ihrem Lemmingereigen einfinden.(wozu eigentlich?!). Gut, also gut: ich hab´s versprochen. versprochen, brav zu sein. Kunststück! wir besuchten ja SIE! sie in ihrem Land! Na, da kannst du ja nicht die sprichwörtliche Sau rauslassen, Andreas! Du bist doch bei ihnen! nicht sie sind bei dir, oder in irgendeinem fernen Land, wo sie alles, aber auch alles plattwalzen mit ihren Betonstampfern. Da bleibt kein Auge trocken, kein Härchen ungekrümmt, kein Grashalm stehen; wo die hintreten wächst – hinterher - nichts mehr.

So denkt man halt als Ausländer im einstigen Inland. Sind wir denn wirklich nicht zu Hause? da wird doch deutsch gesprochen, wie man sonst nur mehr selten im Ausland, im echten Ausland, angekündigt bekommt. Da versteht einen doch (fast) jeder… da hat man doch bald mit jemandem eine Basis, eine Gesprächsbasis, versteht sich. Da kann man noch richtig kommunizieren, sich austauschen, Kontakt finden; da brauchste ja nur det Maul uffmake, Karl August! und schon geht´s dahin….

Also gut: ich versprach´s. Ich versprach´s meiner Begleiterin des Lebens, jener Frau, der ich so viel zu verdanken hatte, jenem Menschen, dem es soviel bedeutete, bei ihren geliebten Beefkonen sein zu dürfen, den Braven! ganz im Gegenzug zu den Chiens d´autriche, diesen Hunden aus…, diesen elenden, wie sie meint, nicht wie ich meine. Ich, der Bonvivant, komme ja mit allen zurecht, ja mit allen Korruptlingen, ausgerechnet! aber sie, sie schafft´s nur mit den Akkuraten, den braven, den heiligen, mit jenen, die´s immer nur gut meinen, egal mit wem, egal woher er kommt, gut meinen: mit seinem Geld, seiner Reputation in der Welt, gut meinen mit seinem Esprit; seinem ungezügelt kreativen Geist. Gut meinen mit seinen Fähigkeiten, von denen sie immer träumen, ja direkt schwärmen. Gut meinen mit den Gallionsfiguren, die am Bug des Schiffes die Meere für sie durchpflügen sollen, ihnen den Weg weisen sollen, den richtigen Weg. Ist ja soo mühsam, sich vielleicht selber anzustrengen, soo mühsam, sich vielleicht selbst umzuschauen, bei Weggabelungen zu entscheiden, wohin? viel zu mühsam! Da ist das Lemmingehafte doch die viel einfachere Wahl: einer latscht voran, die anderen folgen, egal wohin. Selbstverständlich auch in den Untergang, den ER, er wird es schon wissen. und weiß er´s nicht, dann brauchen wir´s auch nicht zu wissen!.... wozu?.... wir, die Folger, die Braven

Doch nun zu unserem Freund, Pete the Maffaii, einem Morschehändler. Morsche aus Muffensausen – sie wissen schon – diese Edelstahlschmiede, der es immer wieder gelingt, ein Fahrzeug zu verbessern, das schon perfekt konzipiert war. Also frage ich SIE: wie kann denn das funktionieren? Ist diese Firma, etwa auch, mental gespalten? Kann ich etwas perfektes verbessern? Nicht das sie nun meinen, ich wäre es, gespalten nämlich, nein! das empfinden auch andere, von dieser eigentümlichen Krankheit Beseelte, um nicht : Besessene zu sagen. Einer dieser Fahrzeugverbesserungen drückte sich darin aus, dass es mit zunehmendem Alter der Baureihe gelang, die Sitzposition zu begradigen. Waren die Beine des Fahrers, ab dem hohen Oberschenkel – zunächst noch – irgendwo, rechts der Mitte, aus dem Blickfeld des Fahrers verschwunden, sind sie nun – fast schon gerade gerichtet - bis zum Knie wahrnehmbar. Ein Umstand, der es nun auch dem Beifahrer erlaubt, das Knieklemmen des Fahrers, als Lenkhilfe, wahr zunehmen. Ein, für diesen mitunter, unangenehmer Zustand, ist er doch – ab und zu – dazu angetan, in diesem gelindes Unwohlsein aufkommen zu lassen. aber: c ést la vie! es muß ja niemand Morsche-beifahren….

So war es natürlich auch diesmal: wieder einmal war der neue 4711er besser als der alte. Wieder einmal waren die Verbesserungen besser und sinnvoller erscheinend. Ich hatte beinahe schon den Eindruck gewonnen, als ob, wer nun auch immer, nur mich, akkurat mich verfolgt, mich beobachtet, meine Gedanken und meine Kritik verfolgt, aufschreibt, bespricht. So, als wäre ich der GM (= general manager) des Unternehmens Muffensausen und um mich, comme il faut, drei bis fünf Vasallen, die mir jedes Wort von den Lippen ablesen und, noch besser: jeden Gedanken mit eigens dafür konzipierten Empfängeranlagen orten, aufnehmen und verwerten. Ein Spitzelsystem muß das sein, wie es sich nicht einmal die ehemalige DDR hätte erträumen lassen, oder: eines, das die Chinesen, so es die Volksrepublik in 30 Jahren noch gibt, sich auch erst in zig Jahren vorstellen werden können! Das drahtlose Abhören von Gedanken und das Prognostizieren derselben. Irgendwie müssen die mich ja auch in meinen, nicht gedachten, Gedanken verfolgen können, denn: des Fahrers Knie dem Beifahrer zum Blicke feilzubieten, ist ein Gedanke, den ich erst jetzt, beim

Schreiben dieser Zeilen gefasst habe. Das Auto wurde aber schon Jahre zuvor konzipiert! Also muß da jemand, pro futuro, also in die Zukunft schauend, agiert bzw. gedacht haben.

Ich fände es, würde es eine andere Person als mich betreffen, beklemmend; in gewisser Weise furchteinflößend. So find ich´s normal, weiters nicht tragisch; man nimmt sich die Gedanken eines genialen Denkers zum Vorbild. Das ist für diese beefkonischen Kopierfexen doch „business as usual", nicht mehr.

Na jut, für mich hatten sie´s wieder geschafft: die Wahl war getroffen, das Fahrzeug in den (richtiegn), für mich entscheidenden, Details geändert; sogar Kofferraum gab´s jetzt ; natürlich vorne, natürlich vor dem Tank. Beides vor dem Fahrer; ob das ne monocoque Bauweise ist? bin ich mir nicht allzu sicher, müsste man noch nachfragen.

Also für mich war soweit alles ok; tja: für mich: aber: meine Spezialtesterin kam da noch mit einem gewichtigen Warnhinweis: der klingt ja nicht! da fehlt etwas! der röhrt zu wenig! da hört man ja nichts von diesem , einmalig blechernen Klang, der sooo charakteristisch ist! da fehlt was….

und schon lässt sie den guten Maffaaiii den halben Furhpark anstarten: Modelle davor, danach, mit Turbo, ohne; offen geschlossen. Und dann die Entscheidung: „No, gein´s! deis is do wiakli ka g´scheida Kloung!…. b´sourgn´s uns an turbo, oba a bissl flotii, flotti, wenn i bitten darf!"

„Jawohl, Gnä Frau, Küß die Hand!" Sprach der Beefkone aus dem sonst so kühlen Norden, mit all der, ihm zur Verfügung stehenden, verschmitzten Freundlichkeit.

Morsche Turbo, oder: warum denn nicht gleich

Manchmal frag´ ich mich wirklich: warum denn einfach, wenn´ s kompliziert auch geht?

Sie erinnern sich doch sicher noch an die G´schicht vom Peter Maffaii, dem Hamburger Morsche Händler. Die war ja wohl auch zuuu köstlich.

Nun geschah´s aber: die Ereignisse begannen sich geradezu zu überschlagen, denn – auf einmal – gab es auch in Österreich deutsche Lösungen. Der Verdacht, den meine Intimberaterin äußerte, erschien mir zunächst abwegig. Sie meinte : "Na, da siehst du wieder, was die Deutschen alles können!" „Wie jetzt?", fragte ich nach. „Na, da hat halt einfach Porsche Deutschland Druck gemacht und schon funktioniert´s!".

"mmhh, glaubst du wohl selber nicht", lag mir noch auf der Zunge, in die ich alsbald hätte beißen müssen, wenn…. Irgendwie waren für mich die Zusammenhänge nicht ganz soo transparent und nachvollziehbar. Wie hätte es denn zu diesem Kurzschluß kommen können? Da hätte doch glatt dieser Maffaii eine österreichweite, nein vielmehr eine deutsch-österreichische, Gesamtwarnung oder –verständigung an alle Morschehändler r´auslassen müssen. Man kann sich die Meldung wie über einen überdimensionalen Lautsprecher in 10km Entfernung von der Erde vorstellen, der in der Lage ist, das gesamte deutsche, wie österreichische Bundesgebiet zu beschallen. Der Text dazu hätte lauten können: „Achtung, Achtung, an alle Morsche-verkäufer! Gesucht wird ein gruftblonder Mitfünfziger und seine wasserstoffblonde, jugendliche Begleiterin! Beide sind sehr gefährlich. Vermutlich mit Schotter ausgestattet, den sie jederzeit bereit sind, einzusetzen! Aber: Achtung! Nur sie hat das sagen! Sie bestimmt, was beide machen! Und: er tut es blind, ist ihr völlig hörig! Der Verdacht auf absolute körperliche Abhängigkeit, bei ihm, liegt Nahe. Sie ist zwar auch berührt, aber nicht im gleichen Ausmaß. Nicht annähernd. Sie ist zuu stark auf sich selbst fixiert und: Achtung! Sie ist zu Allem bereit, aber: stark schwankenden Stimmungslagen verfallen. Heute so, morgen so. Daher größte Vorsicht: sofort dingfest machen und Kauf sofort abschließen! Um jeden Preis!"

Paulin und Mäkbein

da konnte ich die Namen gar nicht besser verstecken…
aufmerksame und tagespolitisch gebildete Leser, wann immer sie das tun, es lesen nämlich, müssten sie auch ge-
schichtlich gebildet sein(?), werden meinen Spuren folgen
können. Den Spuren, die so breit wie Autobahnen gelegt
wurden. Ja! man soll folgen können, ist gute Absicht. Absicht in die Einsicht gewinnen, dass nur manche Dinge im
Leben wichtig, sehr sehr viele aber nichtig und klein sind,
wie dereinst ein einstiger Lieblingsbarde von mir besang:
jedes Mal , wenn ich fliege und Probleme habe, denke ich
an ihn.

Die Sorgen, die die haben, möchte ich gerne mit ihnen tei-
len, fällt mir dazu, in Abwandlung eines fiesen Werbespruchs nur ein. Da macht sich die große, weite, Welt doch
tatsächlich Gedanken über die Aussagen einer Vizepräsiden-
tenkanditatin eines der, nach eigener Ansicht wichtigsten,
Länder der Welt. Sie sagt A und meint B. Aber: das gab´s
doch sooo lange schon, das ist ja schon fast sprichwörtlich:
Wasser predigen und Wein trinken! das, meine Lieben, ist
schon über zweitausend Jahre alt, also alles andere als neu.
Das kannten schon die Römer: da verteidigte einer der
Volkstribunen und/oder Demagogen die, damaligen Werte
mit ungeheurer Vehemenz, um sie im gleichen Atemzug -
die gesprochene Luft war noch gar nicht kalt - selbst zu bre-
chen oder dagegen zu verstoßen…. „nihil novum sub sole!"
hätte der gute Sali, mein Lateinlehrer dazu gesagt. Nichts
Neues unter der Sonne, für die, die´s nimmer können, oder
nimmer wollen (gell Franzerl!)…

Sie hat sich also vergriffen, diese Paulin. Und das gleich am Anfang ihrer Karriere! Gott, wie schrecklich! Und das als Retterin von Zucht und Anstand, als jener bescheidene Rest vom Fähnlein der sieben Aufrechten. Sie, die eiserne Lady, sie, die vermutlich immer Alles Besser weiß und natürlich auch kann. Sie, die beinahe zur Ikone gewordene Immakulata. Pech, natürlich, dass die Familie da nicht so ganz mitgespielt hat. Sie hätte es ja geschafft, aber: das Töchterlein hat gefehlt! Bei uns nennt man das Sippenhaftung. Wie man´s über dem Teich nennt, weiß ich nicht, aber: die werden´s schon wissen, die Damen und Herren Oberg´scheit von d´rüben. Da, wo Moral und Anstand erfunden wurde und heute noch, nach deren einzig geltender Meinung einzigartig, zelebriert wird. Im Land der unbegrenzten Möglichkeiten halt. Da ist wirklich Alles möglich! Totschlag neben Friedensfest, Massenverhetzung neben Übersozialisierung, Hinrichtung neben unbegrenzter Freiheit. Freiheitsstatue neben Massengefängnis. Kein Wunder das sich der Rest der Welt auf Dauer von solchen Blödköpfigkeiten nicht in Atem halten lassen will. Zumindest die Andersgläubige Welt probt den Aufstand. Weltweit. Es ist ja auch blanker Wahnsinn, anzunehmen, dass man heute noch die, vermeintlich wilden, nur mit Waffengewalt bezwingen, sozialisieren, domestizieren, oder ihnen, was auch immer Gutes will. Gewalt fordert Gegengewalt, ist mein Credo dazu. Soo kann´s in der Zeit der zunehmend Aufmuckenden nicht mehr gehen und sie werden kommen, in Scharen, und das einfordern, dass ihnen schon seit Jahrtausenden zusteht: Ihr Recht auf Selbstbestimmung: denn: die Fremdbestimmtheit muß endlich ihr Ende finden! und sei es auch gewaltsam. Nieder mit den einstigen Befreiern, die in Wahrheit auch nur Befrieder, im Namen der „guten" Sache gewesen sein wollen.

Spießbürger trifft Großbürgher

Vielleicht ist das Eine schon kein Begriff mehr und das Andere im Vormarsch, vielleicht.

Die Spießer sind ja bekannt. Das ist an sich eine Definition, die aus der Fauna kommt. Nicht Sauna, nein: Fauna. Natürlich gehen sie dahin, die Spießer, in ihre geliebte Sauna. Zuerst Schrebergarten, dann Sauna, dann Bier(saufen). Soo kann man sich den sinnigen Tagesablauf dieser geistigen Nockabatzln sicher sehr gut vorstellen, so ist er auch ziemlich treffend beschrieben. Ah! eine Kleinigkeit habe ich noch vergessen, aber die vergessen sie selbst am liebsten, jeden Tag auf´s Neu! „…Die Houkn, die sch… Hokn, do muaß I jo ah nou hi, oba neit mehr laung! dei Genossen, werden ma´s schou richt´n, dos i aussikum mit finfafuchzg! war jo gloucht, woun da Pensionsbescheid neit frühra daheirkraalt….".

So denkt er, der österreichische Spießer. Da braucht man nur die Lauscher aufstellen und hinhören. Überall kann man´s vernehmen. Ist gar nicht schwer. Der zoologische Spießer ist ein Rehbock, mit etwas verunstaltetem Geweih. Einer, der aufgrund seiner verwortakelten Trophäe bald einmal auf dem Abschußplan der lieben jagenden Mitmenschen steht. Man muß ja, als Mensch, lenkend in die Natur eingreifen! Da muß ausgemustert werden, was die Natur sonst auch machte. Einziges Problem dabei: die natürlichen Feinde des original-Spießers sind schon ausgerottet. Raubzeug braucht man nicht in der zivilisierten Welt, nicht bei uns. Das ist was für die Wilden, die kommen damit schon zurecht, maßt sich der, ach so Kulturvolle an zu beurteilen und: bestimmt….

Hätte der domestizierte Spießer auch natürliche Feinde, wär´s freilich besser für die (Um)welt. So trifft dieser allenfalls auf den Großbürgher, der ihn drangsaliert, aber nicht mehr. Da der Spießbürger den mehrheitlichen Bevölkerungsanteil stellt, ist mit ihm auch seitens der wahlwerbenden Parteien recht vorsichtig umzugehen, denn: er stellt zum größeren Teil den Souverän. Soweit so schlecht. So lässt sich also dieses Volk vom Houkengeher, Schrebergärtner und Biersaufer bestimmen, wird aber: vom Großbürhger, der die Wirtschaft aufrecht erhält, deren Motor ist und die ganzen Blödheiten in Wirklichkeit finanziert, die sich der Spießer einbildet, erhalten. Irgendwie verkehrt, oder?

Da stellt sich natürlich die Frage: Warum lässt sich der gescheite, gebildete Großbürger DAS bieten und bringt den lästigen Spießer nicht schon längst zur Strecke? Die Wahl der Mittel ist dabei eine ganz andere Frage….. Als Jäger und Heger tun sie´s ja auch: in die Natur eingreifen.

OUhJeischahs! die is jo a vuil Ourweit….oder: über die (doch) begrenzte Arbeitswut der Unselbständigen

Wieder eine interessante Geschichte, die das Leben und nur das Leben und nur dieses selbst schreiben kann, denn „…deis kaum ma neit erfinden, neit amoil in unsarem E-dablissmo!..." hieß es in der Radiosendung dereinst in „Schmäh1", dem beliebten Radiosender für einsame Herzen und solche, die es noch werden wollen.

Also: da rief mich ein netter Kollege aus grauer Vorzeit an und fragte mich, welche Befindlichkeiten denn mein Ex-Kollege habe, der nicht nur jahrelang bei mir umsonst wohnte, sondern mir, quasi als Dank dafür, auch noch meine, bis dahin verlässlichen, Mitarbeiterinnen abgezogene hatte. Ich war – zunächst – verdutzt. Ja, konnte es denn sein, dass dieser Knabe wirklich gar nichts mitbekommen hatte? gar nichts von Alldem, was letztes Jahr und nicht irgendwann passiert war? Dieses, für mich recht entscheidende, (Berufs)jahr, in dem das Büro von einem florierenden Drei/Viermannbüro zu einer one-man-show degradierte? und das in dieser Branche, in der es bundesweit, auch wenn der Staat klein ist, vielleicht 5 gibt, die sich auf diesem Gebiet tummeln? Na, da frag´ ich mich mit nicht geringer Berechtigung: „Jo spinnt denn die Welt?" Die Gefahr bei dieser Betrachtungsweise ist evident: wenn alle, also wirklich alle, außer mir , spinnen…. gibt es da vielleicht auch noch eine Möglichkeit, die den Umkehrschluß zuließe? sie werden´s nicht glauben, aber: so geht´s oder besser passiert´s mir öfter. Nicht oft, aber immer öfter. Aber: keine Angst!

ich bin in guter Behandlung und bleibe ihnen, so sie es wünschen, weiterhin als Autor erhalten.

Ich war also perplex, wie wir dazu in unserem Zwetschkenreich sagen. Doch damit nicht genug. Der gute Freund erklärte mir, dass er, als mittlerweilen 65 Jähriger, daran dächte, in Pension zu gehen. Ein Gedanke, der mich immer ein bisschen nachdenklich stimmt, da ja dann der schließlich gefährlichste aller Lebensabschnitte beginnt: Die Rente. Warum gefährlich, werden sie jetzt vielleicht fragen. Ganz einfach: dieser Lebensabschnitt endet immer tödlich.

Da mir dieses Glück, mit 65 in Pension zu gehen, nicht zu Teil werden wird, fragte ich ihn daher etwas ganz Anderes: ob er nicht einen Mitarbeiter, oder besser jemanden wüsste, der mein Büro – auf Sicht – übernehmen wollte. Ganz ohne böse Absicht, oder Hintergedanken. Ja, er kenne jemanden, einen Studenten, der zuvor schon einmal gearbeitet habe und aus gutem Haus stamme. Für mich implizierte diese Aussage: auch betucht war. Soweit so gut. Die Nummer war bald ausgetauscht und ich rief an. Irgendwie war da Etwas in der Stimme, das mich anfänglich zögern ließ, weiter zu sprechen. Ich meldete mich artig mit meinem Namen, am anderen Ende der Leitung: nichts, einfach nichts. Ich fragte nochmals nach, dann plötzlich : „Ja, wer spricht bitte?" ich wiederholte meinen Namen und versuchte mich langsam meinem telephonischen Gegenüber bekannt und ein wenig verständlich zu machen, erklärte, warum ich anrief und wie ich denn auf seinen Namen und Adresse gestoßen sei. Mehr oder minder großes Erstaunen begegnete mir. Ich fasste es so auf, konnte mich aber nicht so ganz richtig in das von ihm Gesagte einfinden. Es klang mir teils nach der Sonntagspredigt, teils nach der exzerpierten Wiedergabe eines philosophischen Taschenbuchs für Einsteiger, was mir da über den Ether entgegen brabbelte. Auch war da eine Mischung aus Altklugheit und Bewunderung zusammengekommen, wie ich sie sonst nur von indischen Gewürzmischungen kannte. „Strange, very strange" hätte mein Freund, Lord Synclair da zu seinem Partner Toni Curtis in seiner unnachahmlichen britischen Überheblichkeit gesagt.

So plätscherte das Gespräch ziemlich lang dahin, ohne das ich das Gefühl vermittelt bekam, dass mich der Junge richtig verstanden hätte. Dann plötzlich hatten wir´s doch auf den Punkt gebracht. Es ging um mein Lieblingsthema Selbständigkeit. Ich versuchte der wirtschaftlichen Zwetschke die Vorteile der Selbständigkeit nahe zu bringen. Er nickte fast beständig, kam mir vor, und war – nach eigener Aussage – von Bewunderung überwältigt, als er all dies hörte. Was er nicht hören wollte, folgte auf den Fuß: die Binsenweisheit, dass man als Selbständiger selbst ständig arbeiten muß… das impliziert ziemlich viel und ist für alle, diesbezüglich Andersgläubigen, wie im speziellen Interessensvertreter, nicht nachvollziehbar, weil nicht vorstellbar. Ist für den Einen das Gehalt am Monatsersten fix, sind für den Anderen die Ausgaben fix. Man sollte meinen, dass das für logisch denkende und denkfähige Menschen nicht sooo eine komplizierte Sache ist, scheint es aber doch zu sein. Da hab´ ich schon andere im diesbezüglich tiefsten Missverständnis ertappt. So natürlich auch unseren jungen Helden. Als ich ihm auf seine Frage: „ No, wos für a Gerschtl kriag i dein dou außa?" schlicht „Kaans" antwortete, war er maßlos enttäuscht…. Auf seine Frage : „Jo, wiasou dein neit?" versuchte ich ihm nochmals, jedoch vergeblich, das Selbständigentum, zu erklären: „ Nix is fix!"

Mäkimäkbein, oder: warum Vietnam-Veteranen keine Vergessenskünstler sind

ich hatte ja schon mal darüber geschrieben: Mäkimäkbein, my good old friend, from the states, will loose at last, I hope….

Ja, ich hoffe, dass die „Ami´s amoil g´scheit san und neit wiada an ouilten Kriaga zum frontmen" machen. Dazu ist diese Position, mag sie auch nicht mehr die wichtigste der Welt sein, doch zuu wichtig. Mäkimäkbein hat sich seine Verdienste erworben, mag sein. Was hinter ihm liegt ist sicher grausam genug gewesen, das „Hotel Hanoi" war sicher kein Zuckerschlecken. Folter ist etwas derart Grausames, das alle, die´s nicht erlebt haben, nicht einmal im Ansatz darüber urteilen sollten, auch nicht einen Atemzug einer Ahnung davon haben können…

Gerade deswegen bin ich der Meinung, dass dieser Mann ausscheidet. Ausscheidet für dieses Amt und ausscheidet für alle anderen staatstragenden Funktionen. Wer so was miterleben musste, ist für´s Leben geprägt. Da gibt es Denkschemata, die sich ein „Gesunder" nicht vorstellen kann, da sind im Gehirn tiefe und tiefste Kerbspuren durch das Erlebte eingezogen worden. Ähnlich der via apia antica, einer Straße in Rom, die obwohl sie zweitausend Jahre alt ist, nur wenige Jahrzehnte gebraucht hat, um ihr, auch heute noch markantes Aussehen zu bekommen: die tiefen Wagenspuren, die sich an der Oberfläche, halbmetertief rechts und links, dauerhaft eingekerbt haben. Der Straße damit zu ihrem bombierten Aussehen verhalfen. So ähnliche Spuren muß es, bildlich gesprochen, im Hirn des Mäkimäkbein geben. Unmöglich, dass sich soo furchtbare Ereignisse nicht in der Platine, unauslöschlich, eingebrannt haben. Das Gehirn, das immer noch unbekannte Wesen, fördert zum Teil längst vergessen Geglaubtes zu Tage, wie Gehirnforscher heute vage zu definieren versuchen. Eindrücke aus längst vergangener Zeit werden abgerufen, wenn es Ort, Zeit, oder Stunde gebietet. Alles ist abgespeichert, Nichts geht verloren. Verloren geht bestenfalls die Zuordnung. Das heißt, in die Computersprache übertragen: die Dateien sind vorhanden, lediglich der Zugriff wird, z.B: durch veränderte Dateinamen verweigert. Bis zu einem gewissen (Zeit)punkt. Durch irgendeinen Algorithmus kann der Zugriff wieder hergestellt werden und schon passiert das Unglaubliche: Wunder geschehen: Blinde können wieder sehen und Lahme wieder gehen. So lassen sich Naturphänomene, zu denen sicher die Denkleistung des Gehirns an vorderster Stelle gehört, so etwas wie erklären. Aber: viel zu unterentwickelt sind derzeit noch unserer Möglichkeiten, um solchen Dingen auf die Schliche zu kommen, geschweige denn hier nachvollziehbare Modelle für ihr Entstehen oder deren Auslöser anzubieten.

Ich laufe wieder! oh ist das schön

Das klingt ihnen jetzt sicher zuuu banal, liebe Leser! Ja, ich versteh´s, verstehe, dass sie es – es sei denn, sie sind selbst ex-Marathon-Läufer – nicht verstehen können, was das für ein Gefühl ist, wieder laufen zu können. Herrlich!

Ich habe beim Laufen nie so sehr das Gefühl, allein für den Körper etwas zu tun, geschätzt. Nicht allein. Als geistiger Arbeiter - sie erinnern sich – ist es mir natürlich auch um die Möglichkeit gegangen, zu mir zu kommen, mit mir zu sprechen, eins mit mir zu sein. Geben sie´s doch zu: ihnen muß es doch, ab und an, auch so gehen: Sie haben einen Tag, an dem sie zu gar nichts kommen, weil andere immer stören, sie bei der Arbeit stören. So weit so schlecht, aber: haben sie sich schon einmal überlegt, wie schlecht es ist, dass SIE nicht mehr zu sich kommen können, nur weil man sie stört. Und: passen sie erst auf, wenn dieses (Stör)system soweit überhand genommen hat, dass sie sich schon selbst stören! Olalah! Dann wird´s wirklich kritisch! Dann beginnt der innere Faden zu reißen, der für sie soo lebenswichtig, ja überlebenswichtig ist. Achtung!

Um sich das nicht anzutun, sollten sie laufen. Laufen, laufen, laufen! Natürlich können sie auch eine andere Sportart betreiben, aber: Sie sollten eines können: sich dabei von der Umgebung, der Außen - ist besser als - Umwelt abschotten. Das geht nur bei Sportarten, die einen ordentlich fordern, soweit zwingen, sich zu verinnerlichen, dass Ruhe einkehrt.

Ruhe: das ist der Punkt, die Lebensessenz, die sie brauchen, wenn sie, sonst, gefordert und damit bald einmal überfordert sind. Daher: Anfangen! Nicht morgen! Nach der sooo berühmten morgen-Diät: und morgen fang ich an!... das ist nix. Heute, denn im heute liegt das Glück! Denn heute be

ginnt der Tag, denn heute leben sie. Nicht morgen , oder irgendwann in der Zukunft….so nach dem Motto: na, DANN wird´s mir gut gehen. Und: Leben sie nicht im Gestern. Nur mehr von seinerzeit zu schwärmen ist etwas für den Lebensabend und auch da sollte man damit aufpassen. Also: leben sie! Hier und jetzt! Packen sie ihren Tag aktiv an! Machen sie Morgensport und sie werden sehen, mit wie viel mehr an Energie sie durchstarten können, mit wie viel mehr an Kraft sie den Tag meistern. Müssen sie dann gar nicht mehr. Etwas meistern, es geht ganz von selbst. Mit ein bisschen Einsatz mit ein bisschen Selbstbeherrschung mit ein bisschen Sophrosyne, wie meine alten Freunde, die alten Griechen immer gesagt haben…

Ihre: Ilse Muck

Wenn DAS der Vater wüsste

Wenn das der Vater wüsste: ich schreibe dem „lieben Onkel Helmut". Sie erinnern sich vielleicht noch an *„Vielleicht aus einer anderen Zeit"*, an die bösen Phettbergs, die uns, um unser Vermögen betrogen haben. Den korrupten Onkel. Den, der dem Vater das Leben schwer gemacht hat. Den, der auch mich gut zehn Jahre meiner unbeschwerten Jugend gekostet hat. Jenen üblen Burschen, der meiner Mutter zum Teil tiefen Hass , aber auch maßlose Bewunderung entrissen hat. Jenen Mann, der meinem Vater immer suspekt war, vor dem er sich – womöglich – ohne es zugeben zu können, gefürchtet hatte? allein wenn ich diese, letzten, Worte in den Mund nehme, packt mich – noch immer – ein leichter Schauer, ein nicht ganz minderes Entsetzen. Warum eigentlich? bin ich ihm, dem verstorbenen Vater, noch immer in der Pflicht? hat sich die besudelte Ehre derer von Heresch noch immer nicht entfleckt? haftet da immer noch so Etwas wie Schuld an mir? Fühle ich mich den Verstorbenen gegenüber noch immer verpflichtet? Sie werden's vielleicht nicht glauben oder nur schwer verstehen: Ja. Zum Teil sicherlich.

Zu Lebzeiten meines Vaters hätte ich mich **das** einfach nicht getraut. Nicht getraut, dem verhaßten Feind zu schreiben. Zu Lebzeiten meines Vaters wäre es auch völlig unmöglich gewesen, irgendetwas von dem Heresch-Vermögen abzugeben, völlig unmöglich gewesen, Familiensilber zu verscherbeln. Völlig! Und ich, ich setzt mich nun hin und schreib ihm (auch noch).

Ihm, dem Hunderteinjährigen. Wer weiß, vielleicht kann er´s eh nicht mehr lesen! Vielleicht erreicht ihn die Nach

richt nicht mehr. Was er sich wohl denkt, wenn er den Brief bekommt? Ob er meine Schrift lesen kann? Wie wird er´s auffassen, das ich ihn als „einzig Kompetenten" bezeichnet habe, die Frage nach unseren gemeinsamen Vorfahren zu beantworten? Wer wird antworten? Wird er selbst schreiben? lässt er schreiben? seine wife Enkelin vielleicht? Was wird sich daraus ergeben?

Ich hab´s dir zuliebe gemacht, Michaela. Dir zuliebe: weil du´s wissen wolltest: Du: "wo kommt er denn eigentlich genau her, dieser Großvater Heresch?"

Die Veigl! (Die Vögel)

Sie werden nun mit diesem Begriff, sofern sie kein Obersteirer, Steirer oder sonst Mundsprachenkundiger sind, vielleicht nichts anfangen. „Die Veigl" würde übersetzt : die Vögel heißen, aber, da wird's ihnen so gehen, wie vor kurzem, ein guter Vergleich gezeigt hat. Was nutzt es uns, wenn wird die Sprache des Löwen verstehen? – selbst wenn er Deutsch spräche: wir würden ihn nicht verstehen. Was heißt das? Es liegt nicht an der Sprache, dass wir ihn nicht verstehen können, den Löwen nämlich, nicht an der Sprache! wir haben dazu ein zuu großes, weil mentales Problem. Wir können nicht mit einem Raubtier kommunizieren und ihm vielleicht erklären wollen, dass er „eh schön brav sein soll!", während wir ihm den sprichwörtlichen Kopf in's Maul stecken. Das geht nicht. Oder: vielleicht nur ein mal; ein einziges Mal. Dann nämlich wird er nicht lang Irgendetwas erklären, sondern seinen Trieben, in diesem Fall seiner Fresssucht – so hungrig – nachgehen, und: Aus! (ohne einen langatmigen Erklärungsversuch).

So ist es auch mit : „die Veigl". Soo direkt sie als Vögel zu bezeichnen kommt nicht gut, da sie keine sind, im eigentlichen Sinn. Das sie vielleicht einen haben, kommt der Sache schon näher, viel und deutlich näher. Sie wissen, wen ich meine? Ja! Hundert Punkte, wie es früher so schön hieß: „…. der Kandidat hat 99 Punkte!". War ja doch auch zuu blöd, wirklich zu blöd, um wahr zu sein.

Also, sie haben sie getroffen, meine Lieblingszielgruppe so mancher Attacke: die Beamten! Fast richtig! deswegen nur 99 statt hundert Punkte. Ich meinte die Techniker, beamtet oder quasi beamtet. Gemeinsam: schrecklich! schrecklich kompliziert, borniert und blöd, ja besser schon: dämlich, auch ohne Damen; dämlich, doof, deppert, besch…eiden; arm im Geiste und deswegen schon wieder selig, denn: „beates sunt pauperes spiritu!" hieß es bei meinen römischen Freunden schon vor gut 2000 Jahren: „Selig sind die armen im Geiste!"

„Sind ja wirklich für alles zu blöd die Mandln!", hätte die Äindschie in diesem Zusammenhang gesagt und ich ergänze: noch blöder, wenn sie zu zwanzigst oder mehr in einem Arbeitskreis zusammen sitzen und über etwas sprechen, von dem nicht einmal zwei oder drei eine Ahnung haben, wenn überhaupt, aber: man darf´s ja nicht zugeben! nur nicht zugeben, dass man einen feuchten Kehrricht versteht, nein!

Und daraus resultiert dann dieses Duckmäusertum. Entsetzlich. Wie die kleinen Buben in der Schule hören sie gespannt den Worten des Vortragenden, nein : Vorsitzenden zu. Nicken wenn´s gewünscht ist, kuschen ansonsten, wie befohlen. Und dann: die Fragen. Die werden zunächst grundsätzlich dem Nachbarn gestellt. Es wird also geschwätzt. Schlimm! das fällt natürlich auf und wird abgemahnt, aber: man muss sich ja über seine Unsicherheiten vorab mit dem Sitznachbarn austauschen, bevor man an die breite Öffentlichkeit geht.

In der Schule, damals vor knapp 50 (!) Jahren, waren sie wahrscheinlich noch selbstbewusster, mutiger, aufmüpfiger. Wer hat denn diese Buam alle soo zugerichtet? „Nur" das Leben selbst?

Etikettenschwindel

Ist mir doch vor kurzem – sie werden sagen schon wieder – etwas sehr komisches passiert…

da hab´ ich doch glatt meine Frau bei einem Etikettenschwindel ertappt, oder: wie würden sie das bezeichnen? eigentlich hätt´s mir ja schon viel viel früher auffallen sollen. Den wirklichen vergleichbaren Vergleich dazu gibt´s ja auch nur in der Fauna, besser der Zoologie - sofern mich meine Mittelschulkenntnisse diesbezüglich nicht, oder nicht ganz im Stich lassen. In diesem Fall sucht sich ein Parasit einen Wirt, da ihm sonst Dinge nicht gelingen, die ihm mit Hilfe seines Wirtes (leicht) gelingen, jedenfalls aber : gelingen. Es erschließen sich für den Parasiten auf diese Weise Nahrungsquellen, die er allein nie erreicht oder erschlossen hätte, sei es nun aufgrund der Höhe, der Erreichbarkeit, oder ganz einfach auf Grund der Lage. Da sind mir, weil ich´s auch heute noch vor mir sehe, noch die kleinen Vögel in so lebhafter Erinnerung, die auf dem Rücken der Nilpferde „reiten" und auf diesen herumstochern. So picken sie aus der dicken Haut dieser behäbigen Zeitgenossen Würmer. Damit hat die Mutter Natur Zweierlei erreicht : einerseits werden die Nilpferde von ihren lästigen Mitbewohnern befreit; andererseits kommen die Vögel auf diese Weise, geschützt und gesichert, zu einer, ihnen sonst nicht zugänglichen, Nahrungs(quelle). Heute würde man dabei von einer echten „win-win-Situation" sprechen; Verlierer gibt es hier keinen.

Das dies auch auf uns Menschen übertragbar sei, war mir – bis vor kurzem – unbekannt. Immer schon hat mich das Engagement begeistert, mit dem meine Frau meine neuen Projekte verfolgte, wie sehr sie mir zuredete, mich darin – über die Maße – bestärkte. Ich war begeistert und bin es heute noch. Da war ihr kein Einsatz zu hoch, keine Mühe zu groß. Es passierte einfach. Sie engagierte sich tatsächlich schon im Übermaß. Bei jedem Projekt; immer wieder. Immer wieder so, dass ich schon bald nicht mehr wusste, ob es nun Meines oder Ihres war. Die Grenzen waren verschoben, es war nur mehr unser gemeinsames Ziel, das in möglichst kurzer Zeit, aber mit maximalem Engagement erreicht werden sollte... .ist doch schön , wenn man sooo viel teilt, soo eins ist.

Vor kurzem hab ich das Geheimnis gelüftet. Es erschien mir absurd, war aber wahr. Ihr tatsächliches Engagement galt ihren eigenen Projekten, nicht Meinen und nur bedingt Unseren. Sie kreierte eine Idee. Es gelang ihr, aus ihrer Idee meine zu machen, mich für ihre Idee soo zu engagieren, dass ich schon glaubte, es wäre meine Eigene gewesen. Es gelang ihr, ein Kuckucksei in mein Nest zu legen. Ich griff die Idee e auf, setzte sie um, aber: wehe, wenn ich es dann anders, als von ihr geplant, umsetzte, oder: was noch viel schlimmer war: die Idee nicht weiter verfolgte, was ab und an natürlich auch passierte.

Wie ich zu dieser Erkenntnis schlussendlich doch noch gekommen bin? ich hab „um´s Eck gedacht" und sie gefragt. Einfach gefragt. Sie zunächst mit einem absurden Gedanken konfrontiert. Mit diesem nämlich. Und: es hat gestimmt, war richtig! Sie hat es bestätigt.

Sie versuchte über mich nur Etwas zur erreichen, das ihr selbst verwährt blieb. Nicht wirklich, aber: sie glaubte und glaubt es (zur Zeit) einfach noch.

heitwiadgwöit! (= heute wird gewählt)

Ich find es lustig! heit wiad gwöit (= heute soll gewählt
werden) und ich weiß keineswegs, wen ich wählen soll, obwohl ich schon gewählt habe. Klingt skurril, ist es auch. wie
kann einer nicht wissen, was ertun soll, wenn er´s schon
getan hat? Das fragen sie bitte, am besten, die Herren, oh
Entschuldigung! Damen und Herren, die sich diesen mist
ausgedacht haben. Wozu eigentlich, schon wieder, wählen?
Wenn nur das einer, irgendeiner beantworten könnte! ich
kann´s nicht und wahrscheinlich bin ich da, obwohl politisch interessiert in guter, ich glaube in sehr guter Gesell-
schaft. Heute werden sich die, die sich das ausgedacht haben
vermutlich auch sagen: Um Gottes Willen! was haben wir
da gemacht! Denn die Wahrscheinlichkeit, dass es gerade
für SIE schlecht ausgeht, die sich dieses Szenario gewünscht
haben, ist nicht klein! Ätsch! Das habt´s jetzt davon!

Ist mir doch vor kurzem – sie werden sagen schon wieder –
etwas sehr komisches passiert…

da hab´ ich doch glatt meine Frau bei einem Etikettenschwindel ertappt, oder: wie würden sie das bezeichnen?
eigentlich hätt´s mir ja schon viel viel früher auffallen sollen. Den wirklichen vergleichbaren Vergleich dazu gibt´s ja
auch nur in der Fauna, besser der Zoologie - sofern mich
meine Mittelschulkenntnisse diesbezüglich nicht, oder nicht
ganz im Stich lassen. In diesem Fall sucht sich ein Parasit
einen Wirt, da ihm sonst Dinge nicht gelingen, die ihm mit
Hilfe seines Wirtes (leicht) gelingen, jedenfalls aber : gelingen. Es erschließen sich für den Parasiten auf diese Weise

Nahrungsquellen, die er allein nie erreicht oder erschlossen hätte, sei es nun aufgrund der Höhe, der Erreichbarkeit, oder ganz einfach auf Grund der Lage. Da sind mir, weil ich´s auch heute noch vor mir sehe, noch die kleinen Vögel in so lebhafter Erinnerung, die auf dem Rücken der Nilpferde „reiten" und auf diesen herumstochern. So picken sie aus der dicken Haut dieser behäbigen Zeitgenossen Würmer. Damit hat die Mutter Natur Zweierlei erreicht : einerseits werden die Nilpferde von ihren lästigen Mitbewohnern befreit; andererseits kommen die Vögel auf diese Weise, geschützt und gesichert, zu einer, ihnen sonst nicht zugänglichen, Nahrungs(quelle). Heute würde man dabei von einer echten „win-win-Situation" sprechen; Verlierer gibt es hier keinen.

Das dies auch auf uns Menschen übertragbar sei, war mir – bis vor kurzem – unbekannt. Immer schon hat mich das Engagement begeistert, mit dem meine Frau meine neuen Projekte verfolgte, wie sehr sie mir zuredete, mich darin – über die Maße – bestärkte. Ich war begeistert und bin es heute noch. Da war ihr kein Einsatz zu hoch, keine Mühe zu groß. Es passierte einfach. Sie engagierte sich tatsächlich schon im Übermaß. Bei jedem Projekt; immer wieder. Immer wieder so, dass ich schon bald nicht mehr wusste, ob es nun Meines oder Ihres war. Die Grenzen waren verschoben, es war nur mehr unser gemeinsames Ziel, das in möglichst kurzer Zeit, aber mit maximalem Engagement erreicht werden sollte... .ist doch schön , wenn man sooo viel teilt, soo eins ist.

Vor kurzem hab ich das Geheimnis gelüftet. Es erschien mir absurd, war aber wahr. Ihr tatsächliches Engagement galt ihren eigenen Projekten, nicht Meinen und nur bedingt Unseren. Sie kreierte eine Idee. Es gelang ihr, aus ihrer Idee meine zu machen, mich für ihre Idee soo zu engagieren, dass ich schon glaubte, es wäre meine Eigene gewesen. Es gelang ihr, ein Kuckucksei in mein Nest zu legen. Ich griff die Idee e auf, setzte sie um, aber: wehe, wenn ich es dann anders, als von ihr geplant, umsetzte, oder: was noch viel schlimmer war: die Idee nicht weiter verfolgte, was ab und an natürlich auch passierte.

Wie ich zu dieser Erkenntnis schlussendlich doch noch gekommen bin? ich hab „um´s Eck gedacht" und sie gefragt. Einfach gefragt. Sie zunächst mit einem absurden Gedanken konfrontiert. Mit diesem nämlich. Und: es hat gestimmt, war richtig! Sie hat es bestätigt.

Sie versuchte über mich nur Etwas zur erreichen, das ihr selbst verwährt blieb. Nicht wirklich, aber: sie glaubte und glaubt es (zur Zeit) einfach noch.

Ziel erreicht! Ich hab´ schon wieder ein Ziel erreicht

Das Ziel hieß: einmal auf der Außenalster laufen! Das Ziel, das neue. Einmal da laufen, das erschien mir bei der guided tours through Hamburg so besonders erstrebenswert. Es wurde uns so verkauft. Wenn sie sich hier schon nicht ansiedeln können - und wer kann das schon - dann (halt) laufen. Ist auch schön, sehr schön, sehr sehr schön. „Muß der Mensch mal ausprobieren!", hätte ein recht kauziger Betreuer meines Onkels gesagt, einer, der zwar sehr grobschlächtig aussah, mit seinem billigen Tupé, aber es nicht war. Einer von diesem slowakischen 24 Stunden Dienst, einer, der die Alten pflegt, wenn alle anderen nicht mehr können oder wollen, einer, der diese Sterbehilfe auf sich nimmt, einer, der sich auf den Tod versteht, ein Guter, ein Braver. Besser als der Schweyk, der brave Soldat, der genau das nicht war: brav . Welch ein skurriler Begriff: brav. Verwendet man nur für Kinder, wenn einem sonst schon gar nichts mehr einfällt: „ Jetzt seid´s doch endlich brav!"; oder halt der berühmte Heresch-Sager: „ Bist scho brav!", ein Spruch, den nur (diese) alten Tanten soo treffsicher von sich geben konnten……

Doch dieses Ziel war gar nicht leicht zu erreichen! Wie viele meiner Ziele ohnedies unerreichbar oder nur schwer erreichbar sind und waren, da sie – in aller Regel – ein wenig hochgesteckt waren. Das erste war schon ein ziemlicher Hammer – würde die heutige Jugend sagen. Als gelernter Humanist, heutzutage sicher einer aussterbenden Spezies Mensch angehörend, ein Technikstudium absolvieren zu wollen, war keine leichte (selbstgestellte) Aufgabe. Das einzige, das mir geläufig war, waren die Winkelfunktionen, die hatten (alt)griechische Bezeichnungen, die ich gut kannte. Meist im Gegensatz zu deren technischen Verwendern. Die Lehrer der hohen Schule hatten damit ihre liebe Not! Ziel erreicht, abgehackt.

Dann: die Selbständigkeit! Oh Hallelujah! Und das nach der gemütlichen beamteten Schläferei, ohne terroristischen Hintergrund, versteht sich. Na, das war schon ein Brocken, den ich nicht so leicht verdaute. Die Warnungen, das man dafür so etwas wie zehn Jahre brauchte, schlug ich leichtfertig in den Wind. Sind ja alles Idioten, wenn sie dafür soo lange brauchen! Hatte ich zuerst noch gedacht. Aber: auch das war zu schaffen. Ziel erreicht abgehackt.

Dann die Geschichte mit dem Marathonlaufen. Jeder der gehen kann, kann laufen. Jeder der laufen kann, kann Marathonlaufen. Philosophierte ein guter Freund und Studienkollege immer und immer wieder. Er laufe ja schließlich auch, er, der nicht unbedingt supersportliche, er der Durchschnittsbürger, er, der nur ein bisschen Selbstbeherrschung habe, ER, eben. Also gut, dachte ich mir, wenn er, dann auch ich. Die erforderlichen Wettpartner und Animierer waren bald gefunden…. Wenn mir jemand, früher, sagte: „Na, das schaffst DU nie!" , war das schon Ansporn genug für mich. Die Zeit war hart, aber herzlich (Ist jetzt wieder einmal entlehnt). Besser: Die zeit war anfangs hart. Es dauert ziemlich lang, bis der Geist den Körper überwindet, bis die ersten Hürden genommen sind. Für mich die erste Hürde war zweifellos die erste schmerzfrei gelaufene halbe Stunde (im Stück), oder die ersten fünf Kilometer ohne absichtlich, oder unabsichtlich eingebaute, Gehintermezzi. Die erste ganze Stunde war die Etappe, die das Ziel näher rücken ließ. Allerdings nur das Trainingsziel, denn: Zunächst soll man im Training nicht über 30 Kilometer, natürlich in Einem, laufen. Dreißig Kilometer! Für jeden Normalen der pure Wahnsinn und absolut vorstellbar! Für mich, heute, auch (wieder)! Gott sei Dank! Heute noch sehe ich die 30 Kilometertafel vor mir. Die Tafel meines persönlichen, aber absoluten Endpunkts. Am Beginn einer unendlich langen Geraden. Einer leicht steigenden noch dazu. Mit einem, für mich bis dahin, herrlichen Ausblick. Ein Blick, der dem sonstigen Besucher dieser Stadt – und bis dahin auch mir – eine schöne, nahe Zukunft verheißt, einen Himmel voller Geigen verspricht. Nur mir nicht! Damals jedenfalls nicht und auch in meiner, leicht wieder abrufbaren Erinnerung nicht mehr. Der Beginn der elendslangen Brücke vom Festland nach Venedig. Genau dort stand diese Tafel. Und ich wusste: dort hinten, irgendwo am Läuferhorizont ist das Ziel, der Campanile von San Marco!

Dort, genau bei dieser Tafel wurden meine Beine zu Betonklötzen. Ich hatte sie an mir hängen, konnte sie aber so gut wie nicht mehr bewegen. Ich hatte einen Motivationsläufer dabei und einige Fans, die auf mich im Ziel warteten. Der Motoivationsläufer war akkurat jener Bursche, der mir immer erklärte, das **jeder** einen Marathon laufen könnte. ER stieg erst bei Kilometer 22 ein und lief seinen Marathon nie, erklärte aber auf der geschwächten Rückreise im Zug, nahe der wiedererreichten 30er Tafel: „ Auch ich hätte diesen Marathon locker laufen können, denn……. jeder der laufen kann, kann auch Marathonlaufen ….!". Da konnte ich mir, in Anlehnung an eine ganz andere, mit ihm erlebte Geschichte nur denken: Das hättest du mit meiner Mutter nicht machen dürfen!

Fehlt nur noch die Geschichte mit dem: Ich will einmal in meinem Leben ein Buch schreiben! Na, bist du jetzt völlig irre geworden? – würde man hierzulande sagen. Ein gelernter Techniker, ein Zahlen- und Zeichungsmensch, der sich zwar international, aber eben nur über die Zeichnung, als Sprache des Technikers ausdrücken kann (und darf), will diese Verständigungsform wieder verlassen, um zur konventionellen Verständigungsform der Sprache zurückzukehren? Ja geht denn das? Kommt er damit durch? …….

Back to the rootes! Oder: zurück zu den Wurzeln!

meint hierzu , ergebenst, Ihr:

Fortunatus Wurzel

Hamburg – ein neuer Versuch

Was für ein Versuch eigentlich? Ausgerechnet in Hamburg? Der Versuch, eine neue Identität zu finden? Schon wieder? Hier? Wenn das man gut geht! - so, oder so ähnlich könnte man hier sagen. Wir versuchen uns umzustellen. Auf ein neues Leben, oder eine neue Lebensart?! – können wir eigentlich selbst noch nicht so richtig sagen, ob wir uns von unseren Wurzeln so leicht lösen können, als gewohnte Gewohnheitsmenschen ohne Vergleich. Wie löst man sich eigentlich von den Tauen der Verwurzeltheit, der alteingesessenen Vertrautheit, der sich in der Entwicklung im Weg stehenden Irritation der Gefühle? Geht das so einfach, nur weil man beschließt, wieder einmal Alles Anders zu machen. Alles über Bord zu werfen. Der bloßen Veränderungssucht wegen . Ist das legitim, beherrschbar, von der sich nicht ändernden Gefühlswelt toleriert, erlaubt. Es ist so nicht festzumachen oder gar zu lösen; darin liegt nicht der Erfolg der guten Lösung. Man darf sie nicht suchen, gar aufstöbern. Sie muss selbst auf einen zukommen. Man muss ihr Zeit lassen, die dafür nötige Geduld aufbringen und mitbringen, die Dinge einfach geschehen lassen, nichts erzwingen. Warten, Geduld haben, geduldig sein. Die Lösung kommt. Allein, ganz von allein.

Huk! Ich habe gesprochen! Ich, Dein Innerstes. Hör auf mich, und hör auf zu grübeln! Ich mach das schon für Dich

Doch dieses Ziel war gar nicht leicht zu erreichen! Wie viele meiner Ziele ohnedies unerreichbar oder nur schwer erreichbar sind und waren, da sie – in aller Regel – ein wenig hochgesteckt waren. Das erste war schon ein ziemlicher Hammer – würde die heutige Jugend sagen. Als gelernter Humanist, heutzutage sicher einer aussterbenden Spezies Mensch angehörend, ein Technikstudium absolvieren zu wollen, war keine leichte (selbstgestellte) Aufgabe. Das einzige, das mir geläufig war, waren die Winkelfunktionen, die hatten (alt)griechische Bezeichnungen, die ich gut kannte. Meist im Gegensatz zu deren technischen Verwendern. Die Lehrer der hohen Schule hatten damit ihre liebe Not! Ziel erreicht, abgehackt.

Dann: die Selbständigkeit! Oh Hallelujah! Und das nach der gemütlichen beamteten Schläferei, ohne terroristischen Hintergrund, versteht sich. Na, das war schon ein Brocken, den ich nicht soo leicht verdaute. Die Warnungen, das man dafür so etwas wie zehn Jahre brauchte, schlug ich leichtfertig in den Wind. Sind ja alles Idioten, wenn sie dafür soo lange brauchen! Hatte ich zuerst noch gedacht. Aber: auch das war zu schaffen. Ziel erreicht abgehackt.

Dann die Geschichte mit dem Marathonlaufen. Jeder der gehen kann, kann laufen. Jeder der laufen kann, kann Marathonlaufen. Philosophierte ein guter Freund und Studienkollege immer und immer wieder. Er laufe ja schließlich auch, er, der nicht unbedingt supersportliche, er der Durchschnittsbürger, er, der nur ein bisschen Selbstbeherrschung habe, ER, eben. Also gut, dachte ich mir, wenn er, dann auch ich. Die erforderlichen Wettpartner und Animierer waren bald gefunden…. Wenn mir jemand, früher, sagte: „Na, das schaffst DU nie!", war das schon Ansporn genug für mich. Die Zeit war hart, aber herzlich (Ist jetzt wieder einmal entlehnt). Besser: Die zeit war anfangs hart. Es dauert ziemlich lang, bis der Geist den Körper überwindet, bis die ersten Hürden genommen sind. Für mich die erste Hürde war zweifellos die erste schmerzfrei gelaufene halbe Stunde (im Stück), oder die ersten fünf Kilometer ohne absichtlich, oder unabsichtlich eingebaute, Gehintermezzi. Die erste ganze Stunde war die Etappe, die das Ziel näher rücken ließ. Allerdings nur das Trainingsziel, denn: Zunächst soll man im Training nicht über 30 Kilometer, natürlich in Einem, laufen. Dreißig Kilometer! Für jeden Normalen der pure Wahnsinn und absolut vorstellbar! Für mich, heute, auch (wieder)! Gott sei Dank! Heute noch sehe ich die 30 Kilometertafel vor mir. Die Tafel meines persönlichen, aber absoluten Endpunkts. Am Beginn einer unendlich langen Geraden. Einer leicht steigenden noch dazu. Mit einem, für mich bis dahin, herrlichen Ausblick. Ein Blick, der dem sonstigen Besucher dieser Stadt – und bis dahin auch mir – eine schöne, nahe Zukunft verheißt, einen Himmel voller Geigen verspricht. Nur mir nicht! Damals jedenfalls nicht und auch in meiner, leicht wieder abrufbaren Erinnerung nicht mehr. Der Beginn der elendslangen Brücke vom Festland nach Venedig. Genau dort stand diese Tafel. Und ich wusste: dort hinten, irgendwo am Läuferhorizont ist das Ziel, der Campanile von San Marco!

Dort, genau bei dieser Tafel wurden meine Beine zu Betonklötzen. Ich hatte sie an mir hängen, konnte sie aber so gut wie nicht mehr bewegen. Ich hatte einen Motivationsläufer dabei und einige Fans, die auf mich im Ziel warteten. Der

Motoivationsläufer war akkurat jener Bursche, der mir immer erklärte, das **jeder** einen Marathon laufen könnte. ER stieg erst bei Kilometer 22 ein und lief seinen Marathon nie, erklärte aber auf der geschwächten Rückreise im Zug, nahe der wiedererreichten 30er Tafel: „ Auch ich hätte diesen Marathon locker laufen können, denn……. jeder der laufen kann, kann auch Marathonlaufen ….!". Da konnte ich mir, in Anlehnung an eine ganz andere, mit ihm erlebte Geschichte nur denken: Das hättest du mit meiner Mutter nicht machen dürfen!

Fehlt nur noch die Geschichte mit dem: Ich will einmal in meinem Leben ein Buch schreiben! Na, bist du jetzt völlig irre geworden? – würde man hierzulande sagen. Ein gelernter Techniker, ein Zahlen- und Zeichnungsmensch, der sich zwar international, aber eben nur über die Zeichnung, als Sprache des Technikers ausdrücken kann (und darf), will diese Verständigungsform wieder verlassen, um zur konventionellen Verständigungsform der Sprache zurückzukehren? Ja geht denn das? Kommt er damit durch? …….

Back to the rootes! Oder: zurück zu den Wurzeln!

meint hierzu , ergebenst, Ihr:

Fortunatus Wurzel

Neu in Hamburg

Schon ein hartes Volk, diese Norddeutschen. Wenn man´s gut mit ihnen meint, könnte man sagen, es liegt an den äußeren Gegebenheiten, sollheißen: am rauen Wetter. So frei nach dem Motto: raues Wetter, raue Leut. Was gefällt dir nun soo gut daran? Kommst de mit ihnen klar? Kann doch irgendwie nicht sein. Ich mach noch n´en Test, hab´ da noch ne Garnitur auf Lager. Ne Garnitur Guttur. Watt is´n datt? Einfach ein neuer Versuch, du Döskopp! Jeder hat das recht auf eine zweite Chance. Warum dann diese ollen Beefkonen nicht? Wir werden sehen, wie sie sich machen, diese Kartoffelklößchenfresser mittlerer Unhübschheit. Ein hübsches Volk ist das ja wahrhaftig nicht! Ob´s da um das Deix-land besser bestellt ist? Leben da denn nur die Modell-typen der 60er und 70er Jahrprägung? Die, die man gemeiniglichhin als kurvenreiche Rubenstypen – á lá Marylin M. – bezeichnen, oder subsumieren würde? Wenn man die sprichwörtliche Kirche im Dorf lässt: teilweise, eindeutig! Jedoch, schön ist es, wo man es schön findet. Vielleicht haben wir im Moment erst mal die falschen Destinationen gesehen und kennen gelernt, und tut sich irgendwo anders noch einiges mehr an Offenheit, Freiheit im Geiste, geringerer Verbort- und Verbissenheit o.Ä auf. Das kann ja sein, durchaus sein. Ich halte es nicht nur für ganz unmöglich, bin neugierig, lasse die Dinge an mich rankommen. So frei nach dem, schon fast zum Standard degradierten, Sager: Na, schau ma mal!

Jetzt versuch ich´s gleich morgen noch mal mit einem schönen Außen-Alster-Lauf. Die Gegend, das Panorama und die

Luft, eigentlich die komplette Sinneswahrnehmung ist dort einfach perfekt.

Oh Hütti! – where are you?

Wo du sein, Hütti? Ich da, du irgendwo, im Nirgendwo? Ich weiß gar nicht warum, aber: ab und an muss ich an dich denken. In letzter Zeit viel viel zu oft. Erst jetzt, erst heute wieder, beim Duschen: Dein schöner, nein: fürchterlich kleinkarierter Duschvorhang. Quadratisch, praktisch, gut, aber: sonst furchtbar; furchtbar scheußlich. Du wolltest damals, unbedingt, deinen Duschvorhang und: den Mistkübel mit Deckel von Ikea. Ohne das Zeug wärs´t du mir nicht von der Ferse gewichen, hättest mich mit deinem Hausfrauengezeter sicher nicht in Ruhe gelassen. Furchtbar war das; schon fast wie bei einem alten Ehepaar….. aber: Du hast mich betreut in meiner schlimmen Zeit, mir den privaten Seelenchoach gemacht. Warum, weiß ich bis heute nicht so ganz genau. War es Mitleid? war es, weil dich meine Geschichte zu sehr an Deine erinnerte, ich nur das Glück hatte, dass es gut ausgegangen ist, dass sie wieder gekommen ist, wiedergekommen aus der Unterwelt, den Hades verlassen hat? Hast du eigentlich dein Muttertrauma überwunden? geht denn so was? Wie geht es dir eigentlich heute, wenn du das Haus betrittst, in dem es passiert ist? Kannst du da noch hineingehen? Es betreten? Oder verbindet dich DAS mit deiner so-gut-wie-ex-Frau? Mit dieser Frau, mit der du soo lange – ich nehme an auch glücklich - zusammen warst, um sie dann in diesem Haus zurückzulassen, in deinem schon-fast-so-gut-wie-ex-Eltern-Haus? Ist das der moderne Umgang mit den Dingen, die Mann sich richtet? Ist das das Ergebnis, der vielen Therapiesitzungen, die du – nach deiner Aussage- gemeinsam mit der noch-immer-nicht-Ex und deiner inzwischen-ex-Freundin besuchtest? Holla Ho! Da liegt doch was im Argen! Meinen sie nicht? geschätzte LeserInnen?

Nochmals: Warum bist du, akkurat in dieser Zeit zu mir gekommen? Nach soo vielen Jahren? Und: warum bist du dann wieder, so wie du gekommen bist, verschwunden? ist der Weg von Salzburg nach Graz nun auf einmal soo viel länger, soo viel unüberwindlicher geworden? Damals hattest du ihn noch zweimal die Woche locker zurückgelegt, jetzt ist nicht einmal mehr einmal pro Jahr Zeit dafür. Haben sich unsere Zeitreisen nur zufällig berührt? Ist dafür nun kein Zeit-Platz mehr? Es muss wohl so sein, aber: zu deinem Trost: Irgendetwas hat mich heuer auch – wie magisch – davon abgehalten, nach Salzburg zu fahren. Natürlich: die Strecke von B nach A ist gleich weit wie von A nach B, unter der einen Prämisse, die du dir als Techniker sicher schon überlegt haben wirst. Dazu muss er noch reichen, der technische Hausverstand. So viel kann bei all deinem Mogelbedürfnis auf der Technischen Hochschule nicht verschwommen, oder gar nie (wissensmäßig) erworben worden sein. Du warst immer schon ein Lebenskünstler der Sonderklasse! Wie ich dich damals in der FUZO deiner Lieblingsstadt tratschen sah, während du vorgabst, einem wichtigen geschäftlichen Termin nachgehen zu müssen, war mir Eins nicht klar: Bist du nun ein echter Münchhausen, oder nicht? Lebst du schon derart in deinen Phantasiewelten, dass du den Stiefel, den du verzapfst womöglich schon selber glaubst? einem Kleinkind ähnlich, völlig in deiner Phantasiewelt untergehst? Eine alternative, geschweige denn realistische, Erklärung habe ich für deine, nicht nur da gezeigten, skurrilen Verhaltensweisen sonst – bei allem Respekt – nicht gefunden, oder mir nicht zusammenreimen können.

Die Frage, die der Fachmann, so es einen auf diesem Gebiet wirklich geben sollte, dann stellen könnte, wäre: Ist das (Teil) deiner Krankheit? Oder schlicht nur der Versuch, deiner Umwelt in, für dich unangenehmen Situationen, entfliehen zu können?

In (Nicht)Erwartung deiner geschätzten Antwort verbleibe ich mfG

Der beefkonische Spießer als Großversteher(?)

Was will denn DER lang´ verstehen, der beefkonische Spießer? Die Frage drängte sich mir auf, als ich ihn in seiner Spießbürgerlichkeit ertappte, ihn, den großen, kleinen Sandro Furzini. Sagt ja der Name schon, dass der nicht ganz beinand sein kann. Wer heißt schon Sandro? Und dann noch Furzini? Worauf lässt denn das schließen? Das er einer der berühmten A. statt B.geigen ist? Einer dieser untrüglichen Modelle, derer der Himmel voll ist? Kann ich nicht sagen, so gut kenn´ ich ihn nun auch wieder nicht, aber: macht ja nix, wird schon werden!

Er ist ja ein zu komischer Kauz dieser Sandro! Allein schon wie der aussieht, oder: kennen sie jemand anderen, der heute noch in einer Verkleidung aus dem Jahre 1766 herumrennt? Damals hatte man vermutlich die allzu weiten AlljahresHosen, mit (mittel)durchwetztem Hintern an, die nie wirklich passten, weshalb man immer einen Hosenträger dazu trug. Hosenträger, Modell Sparherdzimmer: elastisch, bis dauerelastisch. Gummiband mit einfachem Strickmuster, wie der Träger selbst. Eben einfachg´schnitzt und doppeltkariert, bis kleinkariert. Dazu dann noch die Schucherln, Marke Knobelbecher bis Semigoiserer. Im Original hart, aber auf Grund des biblischen Alters schon gehfähig erweicht. Und dann das Geleé! Nein, nicht das galertige Bonbon zum Kauen. Nicht dieses phlegmenhaft unzerkaubare Ding. Nein, das ist was zum Anziehen, oder sollte man besser: zum ausziehen meinen?! Ein ding, das man fürgewöhnlich, als Herr von Welt, der dieser Fischjunge sicher nicht ist, unter einem Sakko trägt. Ein Geleé allein zu tragen und noch dazu offen, mutet so skurril an, wie es aussieht. Der Tupfen auf dem I ist dann noch der komische Halbkapitänsbart, den vielleicht der gute Soames in der Forsythe Saga hätte tragen können. Alles in allem eine recht ridiküle Erscheinung dieser Furzini! Und dann erst sein Haus! Na, nicht genug damit, dass er sich einen Hausdrachen als Frau im Erdgeschoß der gemeinsamen(?) Wohnung hält, die für seine Zucht und sonst für Ordnung sorgen mag (wo eigentlich? denn im Garten sieht´s aus wie im Dschungel!) Hat er sich in´s zweite Zwischengeschoß – in Wien würde man bei einem größeren Haus Mezzanin dazu sagen – noch zwei weitere, besondere Schrabnelle eingeladen; lautmalender könnte man dazu: aufgeladen sagen. Die zwei Weiber sind ja wirklich ein Hit für sich. Pat und Patachon waren ein Schaß dagegen. Der Inbegriff deutscher Unkultur: Stockmaß 1,60(m), ebenso hoch wie breit, bürstig kurz geschnittenes, gruftblondes Haar. Meistens mit Schnürlsamt-Knickerbocker a la Tintin und den dazu passenden leichten Wanderschuhen ausgestattet, dazu das passende rosa karierte Hemd obendrauf, versteht sich. Ein wahrer Traum der Alpen, die zwei Peßtrasseln. Muß man einfach gesehen haben, diese Stinkmorcheln! (Wenn sie wollen, kann ich ihnen gerne die Adreß´ geim) … der gute Loriot hätte sicherlich seine Freude an den beiden gehabt. Tja und dann hat dieser Finanzoptimierer noch das Obergeschoß an einen lieben, guten und ausreichend naiven Kollegen vermietet. Der Naivling hat vielleicht geglaubt, den Kundenstock von seinem verehrten Kollegen übernehmen zu können, aber: Nix da! Den Ruaß hat er ihm überlassen, dem jungem Naivling. Die dicken, zahlungskräftigen Fische aber hat er sich zurückbehalten, dieser betrügerische Seelentäuscher Furzini. Na, ganz umsonst wird er ja nicht von den Katzelmachern abstammen, diese Figur, die besser in einem Moliere, einem Raimund oder einer Posse von Nestroy mitspielen und dort ein Couplé singen sollte und wenn´s nur : o modre mio wäre!

Waun Is nua zuageim kun´t (= wenn ich es nur zugeben könnte)

„Waun Is nua zuageim kun´t!" ist villeicht nun doch ein wenig zuviel steirischer Mundart. Das hätte vielleicht auch ein Peter Rosegger übersetzt, oder doch nicht. Es soll in´s Hochdeutsche übersetzt lauten: Wenn ich es nur zugeben könnte!

Ich glaube, dass ist das Problem vieler g´standener Mandln. Ich denke da so an Männer, beiderlei Geschlechts, so richtige Männer eben, die in der Mitte und Blüte ihres Lebens stehen und auf ein erfülltes Leben(swerk) zurückblicken können. Darüber mit Fug und Recht stolz sind und es auch sein können. Sie sind schlicht der Meinung: Na, das soll mir erst einer nachmachen! Wenn das dann noch Techniker sind, wird´s doppelt schwierig. Stellen sie sich so einen reinrassigen Maschinenbauer einmal vor. Ein Mann, der sein Leben lang nur in Millimetern, also Tausendstel eines konventionellen Maßes, gedacht hat und in dieser Struktur „groß" geworden ist. Ein Pitzler und I-Tüpferl-reiter von berufswegen schon. Ein Mann, dem jede Großzügigkeit von vornherein fehlen muß, da er ja in sooo kleinen Strukturen denkt und lebt. Jemand für den alles genau und geordnet sein muß, alles nach bestimmten Regeln und Normen abzulaufen hat. Ein Weg der, wie ihm in der Ausbildung eingetrichtert wurde, auf gar keinen Fall verlassen werden darf. Ist das nicht furchtbar?

Da ist ja der Bauingenieur schon von anderem Schrott und Korn. Der denkt wenigstens in Zentimetern. Ist ja eine ganze Zehnerpotenz dazwischen. Die Bauleute denken auch nicht mehr soo kleinkariert. Wenn da was daneben geht, sieht es aber auch jeder, oder merkt bald etwas davon. Die Struktur und die Denkschemata haben einfach eine andere Dimension, sind mit freiem Auge leichter erkennbar und für den Laien – vielleicht auch – besser nachvollziehbar.

Na und jetzt sollen solche berufsmäßigen Besserwisser einen Fehler, den sie ja schon definitionsgemäß niemals machen können, auch noch zugeben, öffentlich zugeben. Unmöglich, möchte man meinen, aber: es gelingt. Selten zwar, aber immerhin. So geschehen bei einer, schon bald nicht mehr endenwollenden, Zuvieltechnikersitzungen. Da ist geredet und geredet und geredet worden. Die Argumente sind auf und abgewälzt worden: A Laung´s und a Brat´s. Man hatte sich auf Qualitätsstandards zu einigen versucht. Zunächst hatte man sich die Latte unerreichbar hoch gelegt, oder legen lassen, um dann – nach heftigster Bemarterung - ganz ehrlich zugeben zu müssen, dass es so ohnedies nicht geht, weil der Aufwand dafür eindeutig zu groß, die Durchführung zu gefährlich oder einfach: unmachbar erscheint. So, was aber nun? Wie geh´ ich mit einem Standard um, den ich – selbst schon nicht – halten kann? Kann ich den bei irgendeinem anderen Mitstreiter einfordern? Im Rahmen eines internen Audits vielleicht? Wie geht denn das? Nur um etwas zu sichern, das in Wirklichkeit gar nicht zu sichern ist! Eine Qualität einer Arbeit einfordern, die bestenfalls bei einer (Über)Prüfung geboten wird, aber auch dort nicht gefordert werden kann, weil der dafür erforderliche Standard (noch) nicht festgelegt wurde…….. welch ein „stranges" Anliegen, oder in Abwandlung eines bekannten Titels :

„ strange new world!" statt „brave new world"

Nur damit der Mythos lebt, oder: eine Legende, die sich selber schuf

Für meine Expert(innen) war es klar: klassischer Selbstmord oder Freitod, wie immer man es auch bezeichnen will. Wie damals beim Hürlimann oder Knacko. „Der hout si söiba wegtaun!" – wie es in dem breiten Obersteirischen so schön vokalreich klingt. „Söibst min Dienstwougn is der nia gfoarn!" Aber: war das notwendig, um als Mythos in die Geschichte einzugehen, ewig die junge Legende zu? Das gerade jetzt, am Wiederbesteigen des Gipfels der Macht? Knapp vor dem Erreichen des selbstgesteckt größten Ziels, endlich in der Bundesregierung mitzuspielen, oder dieser in der Opposition wirkungsvoll das Leben schwer zu machen. Für mich macht dies keinen, oder nur wenig Sinn. Ich kann es einfach nicht fassen. Ich bin da eher Fatalist. Biederer Fatalist. Denn, wenn man davon ausgeht, dass Ort und Stunde des Todes eines Menschen bestimmt sind, war´s eben so. Unverrückbar. Dann war es eben ein Unfall, ein Zufall, keine Absicht, schon gar keine selbstmörderische Absicht. Aber: wie war es dann mit der Angie? Sie erinnern sich sicher noch. Die Theorie geistert ja heute noch in den Köpfen herum. Hatte sie es einfach nur nicht geschafft, oder war es einfach weder Ort, noch Stunde ihres Todes, damals vor 27 Jahren ?!?

Media vita in morte sumus - mitten im Leben sind wir im Tod

media vita in morte sumus – ist lateinisch zuu schön, um es gleich effektvoll in´s Deutsche übersetzten zu können. Gemeint ist, dass wir, wann auch immer im Leben, vom Tod umgeben, verfolgt, umzingelt, von ihm einfach begleitet sind; treffsicherer wäre hier zu sagen: der Tod gehört zum Leben, oder: … der Tod riss ihn aus dem (vollen(?) Leben. Denn: wer weiß es wirklich so genau, ob er nun mitten im Leben stand, oder gar dem Tod schon näher stand als dem Leben. „…es war ein pralles, an … Höhen und Tiefen reiches Leben…" deutet schon auf etwas Bestimmtes hin. Auch die Bemerkung: „… der jähe Tod passt irgendwie…." zur Unstetigkeit des Verstorbenen, klingt hart und lässt - für mich – noch weniger Zweifel offen; schließlich gibt die Aussage: „…kaum jemand konnte sich vorstellen, dass dieser… von starken (Selbst-)zweifeln gepeinigte, bisweilen gar (selbst)zerstörerisch Veranlagte…" dem sensiblen Betrachter kaum mehr eine andere Interpretationsmöglichkeit als die Eine, nicht ausgesprochene. Ich finde es auch gut so. Es darf keine ex-post-Interpretation so weit gehen, das Ansehen des, immerhin Verstorbenen, zu besudeln, denn: der kann sich nicht mehr wehren, weswegen meine Freunde aus dem alten Rom auch gemeint hatten: de mortuis nihil, nisi bene! – Nichts, wie Gutes über die Toten! Sie haben das Recht dazu. Das Recht, in Ruhe gelassen zu werden. Sie sind nicht mehr von dieser Welt und brauchen sich von ihr auch nicht mehr in die Pflicht nehmen zu lassen, oder sich anschütten, schmähen, oder sonstiges zu lassen. Sie nicht mehr. Er natürlich auch nicht mehr. Er, der zu Lebzeiten ein schlimmer Provocateur war, einer, der die Leute in seiner Umgebung, aber auch alle Anderen in Aufruhr gebracht hat und auch weiterhin, post mortem, bringen wird. Er kann und konnte es nicht lassen. Er musste nachhaltig wirken, sich ein Denkmal setzten. Wie der Kolumnist der FAZ richtig schrieb, kann und konnte sich wohl kaum jemand vorstellen, dass jemand wie er ruhig in seinem Sesserl sitzend in hohem Alter verstirbt. Er nicht. Man traut es ihm nicht zu. Ihm nicht, obwohl er es vielleicht doch wollte. Welch eine Anmaßung eigentlich! Man war der Meinung, dass er das so wollte, obwohl ihn niemand danach gefragt hatte. Es war bloße Vermutung. Es wurde ihm bloß in den Mund gelegt, ihm, dem verstorbenen. Eigentlich eine Frechheit, denn – wie schon oben beschrieben – er konnte und kann sich nicht mehr dagegen wehren. Wie ich ihn kenne, und ich gebe - im Gegensatz zu vielleicht vielen anderen - gerne zu, ihn schlecht gekannt zu haben, hätte er sich dagegen gewehrt. Vielleicht auch deshalb, weil es stimmte; weil irgendwer das Spiel gespielt hat, das nur er so meisterhaft spielen durfte: Das Gedanken-Erkennen-Spiel. „Ich weiß was, was du (noch) nicht weißt…., und das ist deine Unterbewußtseins-Welt, aus der deine „zufälligen" Gedanken resultieren, die dich steuert, der du – und nicht ich(!) – hoffnungslos ausgeliefert bist!" Denn ich kann deine Gedanken lesen, in deine Gedankenwelt eindringen, dir bleibt dieser Zugang verschlossen. Du kannst nicht in dein, geschweige denn in mein, Innerstes eindringen, den berühmten „Gang in den Keller des eigenen Ichs machen", ich schon, ich kann das! So, oder so ähnlich muss er, wie auch seine Leidensgenossen es können, agiert, oder besser: gedacht und aus dem Unterbewußtsein gehandelt haben. Einfach mal schnell in den Keller gegangen, um sich wieder ein paar gute Ideen zu holen, wie sich der Andere – sie erinnern sich sicher an „das Haus der weißen Urnen" - eine Flasche Wein holt. Nicht irgendeinen, um Gottes Willen, nein einen ausgewählt guten, einen Jahrgangswein; eben jenen, den man für besondere Gelegenheiten aufhebt. Aber: er ist gefährlich, dieser Gang in den Abgrund der Seele. Offensichtlich kann diesen Gang niemand öfter unbeschadet tun und : irgendwann scheint eine Rückkehr aus diesen Tiefen nicht mehr möglich; ist derjenige zu nah an´s Feuer gegangen, oder der Sonne zu nah gekommen, mit seinem Wachsfedernkleid…… das Un(ter)bewußte hat ihn mit Haut und Haar verschlungen.

Troja´s Pferd, oder: über die krausen Gedanken der Lolita G.

Wie immer, schreibt die besten Geschichten das Leben selbst. Es gibt einfach niemanden, der´s besser kann. Wenn ich ihnen, liebe LeserInnen, diese Geschichte erzähle, werden sie wieder sagen, dass da meine orientalische Herkunft, oder mein Hang zur griechischen Mythologie – natürlich nicht wirklich ein Widerspruch – mit mir durchgegangen seien… nein, nein, nein und nochmals nein! ich könnte ihnen, die Hauptdarstellerin nennen, kämen sie bei mir zu einem Kaffee vorbei, aber: halt! da könnte ich sie unter Umständen wieder zu stark echauffieren, die arme Lolita. Sie ist ja doch soo ein armes Würstchen. „ beates sunt….“ ich möchte sie nicht wieder mit meinen Latinismen quälen, aber sie scheint wirklich eine, von Armut betroffene zu sein..

Wie auch immer, es hatte alles, wie sonst auch immer, ganz harmlos begonnen. Ich folgte, wiedereinmal, meiner Frau, tat was sie wollte, und antwortete auf Annoncen, bei denen sich Verlage auf Autorensuche begaben. Nicht umgekehrt, wohlgemerkt! Verlage suchten. soweit, so gut, schien es zunächst. Ich, das vermeintliche spätere Pferd aus Troja, hatte ja keine Ahnung – naiv wie ich nun mal bin und hier (wieder) war. So schickte ich also meine Essays, Kurzgeschichten, oder was auch immer ein. Alle drei Beschriebenen wollten mehr. Ich schrieb: mehr. So viel, dass man tatsächlich schon von einem Buch sprechen konnte. ich war stolz, hatte mein erstes Buch geschrieben. Etwas, das ich bis dahin für absolut unmöglich gehalten hatte. Ein Buch! (M)ein Traum wurde wahr. Was noch schöner für mich war.

Alle drei wollten mein Buch verlegen. Ich fühlte mich geehrt. Jetzt will doch tatsächlich jemand meinen Schrott lesen, oder vermarkten, findet meine Gedanken gut, amüsant, hintergründig philosophisch und und und. Es freute mich wirklich diebisch.

So besuchten wir also zwei von dreien, da wir dachten, man müsse sich die große deutsche Welt des Buchhandels ansehen. Es war schon recht eindrucksvoll, was uns da geboten wurde. Ich fühlte mich gut, ja sehr gut in meinem neuen Leben als Literat. Und dann kam´s. Knapp vor unserem Rückflug lernten wir sie kennen: Lolita! Keine siebzehn Jahr, kein blondes Haar, aber trotzdem: sympathisch. Wir verstanden uns gut, hatten bald einen Draht gefunden, der uns hätte verbinden können. Sie war konstruktiv, dachte sich schnell in unsere Wünsche ein, dachte mit machte gute Vorschläge. Wir stiegen beglückt in´s Flugzeug ein und traten die Heimreise nicht allzu leichten Herzens an. Meine Frau meinte: jetzt haben wir die Richtige gefunden. Ja! konnte ich da nurmehr sagen… wenig später auch meinen. Dann gab´s ein wenig schriftliches Geplänkel über dies und das. Und schließlich den großen Knall. Nur weil ich darauf bestand, der kessen Lolita nicht blind zu vertrauen – wie ehedem mein Freund Odysseus sich auch von Circe nicht komplett und leichtfertig benebeln ließ – wurde ich dunkler Machenschaften bezichtigt. In der, von mir geforderten, Bucheinsicht würde ich im Auftrag der Konkurrenz, dem Pferd aus Troja ähnlich, zu schnauben, nein zu schnüffeln beginnen. Ich der brave und biedere Techniker, der von Zahlen ja sowieso nichts versteht. Ich der Biedermann, der seine Brandstifter auch noch eigenhändig mit Zünder und Zigaretten versorgt. Ich, der Unbescholtene, der Brave, der kommode Teddybär….

Gar könnte ich, alternativ, gewesenen oder künftigen Lebenspartnern von Lolita, in welch abstruser Form auch immer, zur Hand gehen, indem ich mich von dem geschäftlichen Erfolg des Unternehmens überzeuge ? ich muß gestehen, da kam ich nicht mit. Sie vielleicht?

„In diesem fürchterlichsten aller Staaten
haben sie ja (wieder) nur die Wahl
zwischen schwarzen und roten Schweinen" (Thomas
*   Bernhard: Heldenplatz)*

oder: das politische (Über)leben danach

die Aussagen waren hart, alle waren sehr sehr hart, in diesem, wohl unvergleichlichen Bühnenstück von Thomas
Bernhard. Ich habe es hier fast wörtlich zitiert. Es waren
nicht die einzig harten aussagen dieses Werks. „…. was
sagen Sie, werden die Roten die nächste Wahl gewinnen?
die haben doch keinen Charakter und die schwarzen sind
lauter Dummköpfe …" entstammt auch der Feder des Thomas Bernhard, der für diese systemkritischen Äußerungen
(oder nicht?!) sich einiges an Rügen und Vorwürfen hat
gefallen lassen müssen. Aber: wie sieht es denn nun aus, fast
auf den Tag genau zwanzig Jahre später? wieder in einem
Gedenkjahr. Nona, wenn man da an 1938 denkt, ist´s schon
wursch, ob man das Rad der Geschichte nur 50 oder gleich
siebzig, warum denn nicht auch gleich hundert Jahre zu-
rück- oder nach vor schraubt. Was hat sich seitdem geändert
in dem rot-schwarzen-Einheitsbrei, wie einer sagte und ge-
betsmühlenartig wiederholte, der heute auch nicht mehr lebt.
Der immer und immer wieder mutig gegen genau diesen
Einheitsbrei angetreten ist, die politische Landschaft verän-
dert hat, wie alle, auch die politischen Gegner in ihren
Nachrufen ganz offen bekannt haben. Einer, der mit Thomas
Bernhard , vermutlich besser, nicht in einem Atemzug genannt werden sollte, der aber einer war, der die Dinge ebenso drastisch beim Namen genannt hat. Hat nun ein Schrift-

steller Politik gemacht, oder ein Politiker nur(?) philosophiert und was mich noch mehr interessiert: wer übernimmt nun deren beider Rolle? Ich etwa? würden sie mir das zutrauen? mir dem ewig guten Jasager, dem angepassten Querdenker? in welcher Rolle etwa? der politischen, der schriftstellerischen, oder einfach der systemkritischen.

Irgendwie, muß ich ganz frei von der Leber weg zugeben, dass ich von beiden Persönlichkeiten, wie wohl ich nur eine und die schlecht gekannt habe, begeistert, fasziniert und irgendwie angetan bin. Sie müssen viel gemeinsam gehabt haben. Viele Nöte und Unzufriedenheiten geteilt haben, die ich in der Dicke nicht teile, wie wohl auch ich nicht nur ein Grundzufriedener, ein ewig wiederkehrend Suchender bin. Doch politisch gesehen, hatte der eine, wie der andere recht. Jeder Staat braucht seine Querulatoren, jeder Karpfenteich seinen Hecht, jeder königliche Regent hatte seine Hofnarren, die mitunter die eigentlichen Regenten gewesen sein sollen. Wer hätte ihn, den Querulator bremsen können, wenn nicht er sich selbst? wer hätte den Professor Josef von seinen Ängsten und Nöten befreien können, wenn er es nicht selbst getan hätte? Sind das erlaubte Analoga, werden sie vielleicht fragen. Ich meine Ja. Denn wenn ich daran denke, wie sich die Wogen nun, nach seinem 20jährigen Kampf gegen rot-schwarz wieder schließen werden und das Meer, das er trockenen Fußes durchschritt, keinen Zentimeter Breite mehr freigeben wird, kann einem bei dieser Vorstellung jetzt schon schlecht werden. Kann es sein, dass wir wieder lange, sehr lange Zeit auf einen Erlöser warten müssen?

der räudige Professor, oder: wie sich die Leute doch ändern(?) können

er war ein Symbol für uns, der Knebel-boy, wie wir ihn in der Schulzeit liebevoll nannten. Na, der traut sich was! war ja in den seligen sechziger Jahren noch nicht so ganz einwandfrei, im wahrsten Sinn des Wortes, mit an Tschick in da Pappn, longzotat min Moupeid zur Schui z´foahrn. Es war nicht ohne Einwand, nein. Er war für uns, weil älter, weil sooo viel älter (mindestens ein Jahr war damals eine unvorstellbar lange Zeit) schon von vornherein ein Symbol, man könnte fast Mythos sagen. Und dann das coole Auftreten, würden unsere Kinder es jetzt vielleicht nennen. So locker – hieß es damals, der sch… sie wirkli nix! wie der mit die Lehra umspringt und: der Bart, der coole Backenbart und die Hoar, die langen Federn… Mit einem Wort: der personifizierte Wahnsinn. A lässig´s Haberl. Dass dieser Knabe natürlich bei „unseren" Mädchen den Megariss hatte, braucht nicht wirklich erwähnt zu werden. Dass diese dummen Kühe natürlich scharenweise auf ihn hereinfielen, und unsere Köpfe vor wirren, unmoralischen Gedanken regelrecht erglühen ließen, war ebenfalls selbstverständlich. Der gute Knebel-boy!

Dann traf ich ihn, Jahre später, ebenfalls als hoffnungslos umherirrenden, schon Ältersemestrigen auf der Technik. Zuerst wusste ich nicht, ob ich ihn überhaupt mit „Du" ansprechen durfte, da ich mir ziemlich sicher war, dass er natürlich schon längst fertig und wohlbestallter Assistent war, der mir, kleinem Studenterl das Leben gehörig schwer machen konnte. Aber: Nix da, Herr Maier! Er studierte ebenfalls noch und war – ähnlich wie ich – im Studium, trotz fortgeschrittener Sylvester, noch nicht wirklich weit. Der Mythos begann ein wenig zu bröckeln, aber da wir im gleichen Boot saßen, galt es eher Freundschaften zu suchen und irgendwie zu probieren, sich durch dieses Wirrwarr eines , sinnlos komplizierten und nie endenwollenden, Studiums erfolgreich durchzuquälen; sprich: irgendwanneinmal vielleicht doch noch die Zielgerade zu sichten. Mittelschulhandycap hin oder her, dazu war diese Ausrede dann doch irgendwann zu weit weg. So kämpften wir eine Zeit lang bedächtig Seite an Seite, versuchten uns über gemeinsam erlittene Misserfolge hinwegzutrösten, oder aber staunend vor dem öffentlich bekanntgemachten positiven Prüfungsergebnis des jeweils anderen – natürlich völlig konsterniert - zu stehen. Still dahinmurmelnd : Na, wie kann man denn mit soo wenig Wissen diese schwierige Prüfung bestehen? So war also, nachdem sich dann unsere gemeinsame Spur wieder verloren hatte, glaublich jeder vom anderen überrascht, diese Unmöglichkeit doch noch geschafft zu haben und sich Diplomingenieur schimpfen zu dürfen. Aber, es hatte wohl wieder der legendäre Sager des, ebenfalls g´studierten Vaters eines rasch studierenden Schulkollegen seinen Wahrheitsbeweis angetreten : „wer inskribiert und nicht krepiert, der promoviert!" - man glaubt als Betroffener während der einen oder anderen Durststrecke nur nicht mehr wirklich daran….

Einige Zeit später traf ich ihn dann wieder. Zu meiner totalen Verwunderung nur als Lehrer – das hätte er billiger haben können – und das akkurat in jenem Fach tätig, in dem er selbst die größten Defizite hatte : in der reinen Konstruktionslehre. Die pure Katastrophe dachte ich mir: Er, der Rebell von einst, der nichts mehr als Lehrer hasste, oder es zumindest gut zu vermitteln wusste, auf einem völligen Irrweg! Wie das Leben so spielt wurde ich dann, Jahre später Zeuge des Wandels in der Geschichte, der ja sonst nicht real existieren soll, wie viele vermeintliche Kenner behaupten. Ausgerechnet dieser Knebel-boy, oder Pete the Label, wie er dann bezeichnet wurde, mutierte zum grausam ungerechten und harten Professor…. Ein harmloser Junge, der ihm garantiert nichts getan hatte, der nur ein bißchen nach Pferd roch – kein Wunder als begeisterter und erfolgreicher Reiter, wie ich dereinst – war in sein Visier geraten. Und ich, dank fortgeschrittenen Alters, mit satten 35, musste intervenieren. Herrlich! Ich bekam von meinem Ex-Studienkollegen Anweisungen für den Jungen, die ich über die Freundin der Mutter dem unschuldigen Opfer von Pete the Label zukommen ließ! Geradezu grotesk… schlussendlich wurde der junge Mann dann Berufsreiter. Auch ein Schicksal.

Schließlich lief er mir erst unlängst wieder über den Weg. Wir hatten einen kleinen, aber doch überschneidenden, gemeinsamen Tätigkeitsbereich. Im Volksmund Autotypisierungen genannt. Da fanden wir uns wieder, weil wir (wieder einmal) beschlossen hatten, uns nicht von irgendeinem korrupten Obrigkeitssystem, das noch dazu ebenfalls von einem Studienkollegen ersonnen wurde, unterkriegen zu lassen. Dieses System zielte darauf ab, durch abstruse, künstlich hoch geschraubte, Qualitätskriterien eine letale Selektion unter der mitbewerbenden Kollegenschaft einzuführen. Dagegen galt es, qualifiziert anzutreten. Natürlich mit einem gerüttelt Maß an Arbeitseinsatz. Wir beschlossen, gemeinsam an´s Werk zugehen. Was ich jedoch vergaß: es bestand zwischen uns ein gravierender Unterschied. Ich war selbstständig und er pragmatisiert. Wie sich das ausdrückte? Na, ganz einfach. Als ich von einem zeitlichen Engagement von 2 Stunden sprach, hatte ich das auf die Woche bezogen – als Minimalanforderung.

Er bezog die zwei Stunden auf das ganze Jahr. So blieb von der einstigen Legende für mich nur noch ein Scherbenhaufen zurück. Da konnte nicht einmal mehr der (Ver)Putz herunterbröckeln. Wie hieß es da(zu) doch früher soo schön in meinen geliebten schwarz-weiß-Filmen: „ traurig, traurig, traurig!"

Der Teufel auf zwei Rädern

Manchmal hat man das Gefühl, dem Leibhaftigen zu begegnen. Sie entschuldigen sicherlich die antiquierte Ausdrucksweise, aber es gibt so Situationen im Leben, da vermeint man dem Teufel zu begegnen. Er nimmt dabei mancherlei Gestalt, oder auch nicht an. Es ist ihnen sicher schon Einiges widerfahren, wo ihnen das sprichwörtliche „… na, das müsst schon mit dem Teufel zugehen!", in den Sinn gekommen ist, wenn ihnen Etwas Schreckliches zustieß. Oder sie denken an eine Situation, oder malen sich diese aus. Es ist für sie der worst-case, also der schlimmste Fall, den sie sich nur vorstellen können und .. er tritt ein…

Von so etwas, oder so Ähnlichem berichtet die folgende Geschichte.

Es war die Lage für sich schon schlimm genug. In einer Situation der absoluten Ausweglosigkeit, versuchte mein Lebensmensch, nachdem unser Wunschkind knapp ein Monat alt war, in einer anderen Welt ihr Glück zu finden. Um Haaresbreite entging sie dem Tod, tagelang kämpfte ein wahres Wunderteam um ihr Leben. Ein Leben, das sie nicht mehr wollte. Die Situation war fatal, auch für mich, der ich natürlich nicht wusste, was nun das Richtige wäre, wie ich mich verhalten sollte, was ich sagen, tun und lassen sollte. Auch für mich war ein absoluter Tiefpunkt erreicht. Sie war nicht wirklich ansprechbar, das Gefühl, mit ihr nicht nur verbal nicht kommunizieren zu können war stark. Es fehlte mir zeitweilig jeglicher Zugang zu ihr. Ich hatte sogar einmal, anlässlich eines, von ihr in Richtung Ausgang zeigenden Fingers den Eindruck, besser nicht in die Nähe des, an unzähligen Schläuchen und Apparaturen hängenden, künstlich beatmeten, Häufchen Elends kommen zu sollen.

Ihre Mutter freilich, auch sonst von weniger Gefühlen und Rücksichtnahme geplagt, ließ sich von und durch nichts abhalten. Sie kam jeden Tag und redete, obwohl eine Kommunikation bestenfalls dem Besucher und nicht dem Besuchten half, ständig und stundenlang auf sie ein. Was da auch immer zu „besprechen" war, konnte mir nicht erklärt werden, blieb für mich auch gänzlich unverständlich und ohne Bedeutung.

Als nach gut 14 Tagen die Lebensgefahr, wie durch ein Wunder gebannt war, folgte die Überstellung. Auf dieser Station wollte man sich des Geistes intensiv annehmen. Das dieses „Annehmen" nur aus Wegsperren ohne Behandlung bestand, wurde mir erst Jahre danach in dieser Härte klar und blieb auch über die Jahre ein Konfliktpunkt unserer, sich erst langsam regenerierenden Beziehung. Was ich aber nicht wusste und ebenfalls erst Jahre später, sowie beinahe zufällig erfahren hatte, war, das hier auch noch der Teufel seine Finger im Spiel hatte. Der Teufel, von dem ich nicht wusste, das er überhaupt existierte, welche Gestalt er angenommen hatte und schon gar nicht, dass er sich immer in unserer unmittelbaren Nähe aufgehalten hatte. Er saß im Rollstuhl und hatte zwei Räder….. Ja, sie war es, die behinderte Mutter meines Lebensmenschen, die vermeintlich selbst Betroffene….

Wie es dann später so treffend in dem Bericht der „Behandelnden" zusammengefasst wurde: „… Frau… ist behindert und kann sich nur mit Hilfe eines Rollstuhls fortbewegen. Trotz dieser schwerwiegenden Lebenssituation und unter

Berücksichtigung der emotionalen Stimmungslage… stellten unsere Experten doch Auffälligkeiten fest…"

Unter diesen Auffälligkeiten wurde „… querulantes, manipulatives Verhalten und Übertragung ihrer Handlungen auf die Tochter" subsummiert.

 Weiters kamen die Experten zu der Erkenntnis, dass „…histrionische Persönlichkeiten zu sadistischen Handlungen neigen.."

In unserem Fall äußerten sich diese Abartigkeiten in, bescheiden ausgedrückt, verbalen (ggf. auch letalen) Injurien, die da wörtlich zitiert lauteten: „…schließlich weiß man ja nicht, wie der „Sturz" aus dem Fenster zustande gekommen war…" und weiters „…schließe sie nicht aus, dass der Ehemann ihre Tochter „geschupft" habe….."

Wie sich später herausstellte, hatte sie diese Abstrusitäten nicht nur den Ärzten bekannt gegeben, nein: in dieser, oben beschriebenen, sensiblen Phase hatte sie diese „Erkenntnisse" auch noch ihrer Tochter einbläuen müssen….

Fair the well, oh Jörgerl! oder: zum ewigen Abschied des stummen Verwandten

Es hat mich sehr betroffen gemacht, zu erfahren, dass Du Dich in DEIN Leben zurückgezogen hast, Jörgi. Was immer Du dort suchst, Du mögest es finden. Ich, nur ich und sonst vielleicht manche, glaube nicht daran. Glaube nicht daran, dass Du dort DEIN Leben und deine Ruhe findest. Ich glaube vielmehr, dass dort, ja genau dort erst wirklich Deine Unruhe beginnt, die ewige Suche nach dem, das Dir ewig verwehrt bleiben wird: Nämlich: Dein Friede.

Sicherlich bin ich da, und Du dort. Du hast die Schwelle überschritten, von der wohl – bis dato – niemand außer einem zurückkehren konnte oder wollte. Du bist in eben jenem Jenseits, von dem Du uns berichten könntest. Ich, der Diesseitige kann nur ahnen, oder mutmaßen, jedenfalls aber glauben, und: hoffen. Hoffen darauf, dass mir genau das erspart bleibt, das Dir nun als „Ausweg" erschienen ist. Als „letzte Rettung", die sie – bei allem Respekt – nicht ist, nicht sein kann, und auch niemals sein wird.

Ich bin halt überzeugter Lebender, obwohl auch ich nicht unsterblich bin; obwohl auch ich nicht „zur rechten Hand Gottes" sitze, und gar sooo dramatisch, bombastisch, selbstherrlich, oder –gefällig urteilen sollte oder darf, aber….

Im Zweifel für das Leben: in dubio pro vitam, non pro mortem: und **nicht** für den Tod